沈从文读库 凌宇 主编

散文卷 二

向星光取火

沈从文 著

CNS 湖南文艺出版社

VOL.7

图书在版编目（CIP）数据

向星光取火 / 沈从文著. -- 长沙：湖南文艺出版社，2024.3
（沈从文读库）
ISBN 978-7-5726-1455-2

Ⅰ. ①向… Ⅱ. ①沈… Ⅲ. ①散文集—中国—现代
Ⅳ. ①I266

中国国家版本馆CIP数据核字（2023）第186674号

沈从文读库
向星光取火
XIANG XINGGUANG QUHUO

作　　者：沈从文
总 策 划：彭　玻
主　　编：凌　宇
执行主编：吴正锋　张　森
出 版 人：陈新文
监　　制：谭菁菁
统　　筹：徐小芳
责任编辑：刘茁松　刘　敏
书籍设计：萧睿子
插　　画：蔡　皋
排　　版：刘晓霞
校对统筹：黄　晓
印制总监：李　阔

出版发行：湖南文艺出版社
（长沙市雨花区东二环一段508号　邮编：410014）
印　　刷：湖南天闻新华印务有限公司
开　　本：880 mm × 1230 mm　1/32
印　　张：9.75
字　　数：170千字
版　　次：2024年3月第1版
印　　次：2024年3月第1次印刷
书　　号：ISBN 978-7-5726-1455-2
定　　价：48.00元

沈从文读库·序

凌　宇

作为一代文学大师，沈从文在中国现代文学史上，具有举足轻重且无可替代的地位。早在20世纪30年代，沈从文即被鲁迅称为自“五四”新文学以来“最优秀的作家”之一，且被同时代作家视为“北京文坛的重镇”。尽管在1949至1979年间因“历史的误会”，他的文学作品遭遇了被冷漠、贬损，且几乎湮灭的运命，但自20世纪80年代以降，对沈从文及其文学成就的认识，就一直“行情上涨”，并迭经学术界关于沈从文是大家还是名家、是否文学大师之争，其文学史地位节节攀升。如今，随着研究的不断深入与拓展，沈从文已毫无疑问地成为现代文学史上不可绕过的重要存在。湖南文艺出版社拟出的这套《沈从文读库》，共12卷，涵盖沈从文的小说、散文、游记、自传、杂文、文论、诗歌以及书信等，全面展示了沈从文文学创作的丰富面貌。

沈从文的文学成就，首先在于他构筑了堪与福克纳笔下的“约克纳帕塔法”世系相媲美的湘西世界，并以此为原点，对神性——生命的最高层次进行诗性观照与哲性探索。20世纪20年代末至30年代中期，在《神巫之爱》《月下小景》这类浪漫传奇小说和《三三》《萧萧》等诸多乡村小说中，沈从文成功地构建起一个“神之存在，依然如故”的湘西世界。与之对照的，则是以《八骏图》为代表的都市题材作品中所展现的城里人的生存情状。以人性合理与否为基准，沈从文对城里人的生命状态进行批判，并因此将现代社会称作“神之解体”时代。然而，沈从文对人性的思考，并没有停留在“城里人—乡下人”的二元对立框架，在理性层面完成他的都市批判的同时，也完成着他对乡下人的现代生存方式的沉重反思。沈从文以湘西为题材创作的一个重要组成部分如《柏子》《会明》《虎雏》《丈夫》等，都是将乡下人安置在现代社会环境中叙述其命运的必然流程。在《边城》《萧萧》《湘行散记》等作品中，沈从文既保留了对乡下人近乎自然的生命形态的肯定，又立足于启蒙理性角度，书写了这一“不悖乎人性”的生命在现代社会的悲剧命运，一种浓重的乡土悲悯浸润在作品的字里行间。

不过，面对令人痛苦的现实，沈从文既没有如同废名式地从对人生的绝望走向厌世，也没有如同鲁迅式地走向决绝的反传统，他所寻觅的是存在于前现代文明中的具有人类共有价值的文化因子，并希望他笔下人物的正直与热情“保留些本质在年青人的血里或梦里”，以实现民族品德的重造。这一思考，在20世纪40年代达到顶点。面对大多数人重生活轻生命，重现实实利而从不“向远景凝眸”，在一切都被“市侩的人生观”推行之时，沈从文希冀来一次全面的“清洁运动”，用文字作工具，实现民族文化的经典重造。他不仅在抽象层面对生命与自然、美与爱、生与死等进行一系列哲性探寻——这导致他在这一时期创作了《烛虚》《水云》《七色魇》等大量哲思类散文；同时也在具象层面积极介入社会现实，对青年、家庭、战争、文学、政治等具体问题进行探讨——此期杂文和文论数量明显增多。他对生命的思考，也就由最初的湘西自然神性转入对普泛意义上的人类生命神性的探索。他以“美”与“爱”为核心，力图恢复被现代文明压抑的自然生命，在“神之解体”时代重构生命的理想之境，这在某种程度上也使得他的文学思想得以超越当时具体的历史境遇，而指向对民族未来乃至人类生存方式的终极关怀。

1949年后，沈从文将主要精力转入文物研究，但他的文学思考并未止步。他在清华园休养期间的“呓语狂言”，如《一个人的自白》《关于西南漆器及其他》等，是他对自我精神和思想的深入解剖，其风格近似20世纪40年代的抽象类散文。他与张兆和的不少信件，如其中对《史记》的言说，对四川乡村风物的叙述，对文学艺术的看法等，都可视作书信形式的散文。这些文字勾勒出沈从文试图改造自我以适应新社会，与坚守自我、守望生命本来之间矛盾复杂的思想轨迹，这一矛盾既表现在他的文学观上，也体现在他的人生观上。

时至21世纪，科技日新月异，人工智能时代已经到来，然而人类并没因此解决好自身的问题，相反，经历了新冠疫情并进入后疫情时代的人们陷入更大的生存困境。在科技发展到顶峰之时，人类又将何去何从？今天的人们同样面临着沈从文当年所面对的种种问题。而他的诸多思考，如对进入现代工业文明以来人类不断背离自我、背离自然的反思，对现代人“所得于物虽不少，所得于己实不多”的状态的审视，以及强调哲学对科学的补救、对历史作“有情”观照等，都具有一种独特的眼光和前瞻意识，对当下与未来的中国乃至世界依然具有重要的启示。

沈从文曾说，“在一切有生陆续失去意义，本身亦因死亡毫无意义时”，唯有文字能“使生命之光，煜煜照人，如烛如金”。他希冀借助文字的力量，“重新燃起年青人热情和信心”，让高尚的理想在“更年青的生命中发芽生根，郁郁青青”。经典从不过时，相信今天的人们仍能从他的作品中获得启发，有所会心，这也出版这套文库的目的所在。

目 录

烛虚

一

察明人类之狂妄和愚昧，与思索个人的老死病苦，一样是伟大的事业，积极的可以当成一种重大的工作，在消极的也不失为一种有趣的消遣。

女人教育在个人印象上，可以引起三种古怪联想：一是《汉书·艺文志》小说部门，有本谈胎教的书，名《青史子》，《玉函山房》辑佚书还保留了一鳞半爪。这部书当秦汉时或者因为篇章完整，不曾被《吕氏春秋》和《淮南子》两部杂书引用。因此小说部门多了这样一部书名，俨然特意用它来讽刺近代人，生儿育女事原来是小说戏剧！二是现藏大英博物院，成为世界珍品之一，相传是晋人顾恺之画的《女史箴图》卷。那个图画的用意，当时本重在注释文辞，教育女子。现在想不到仅仅对于我一个朋友特别有意义。朋友×先生，正从图画上服饰器物研究两晋文物制度以及起居服用生活方式，凭借它方能有些发现与了解。三是帝王时代劝农教民的《耕织图》，用意本在"往民间去"，可是它在皇后妃宫室中的地位，恰如《老鼠嫁女图》在一个平常农民家中的地位，只是有趣而好玩。但到了一些毛子手中时，忽然一变而成中国艺术品，非常重视。这可见一切事物在"时间"下都无固定性。存在的意义，有些是偶然的，存在的价值，多与原来情形不合。

现在四十岁左右的读书人，要他称引两部有关女子教育的固有书籍时，他大致会举出三十年前上层妇女必读的《列女传》和普通女子应读的《女儿经》。五四运动谈解放，被解放了的新式女子，由小学到大学，若问问什么是她们必读的书，必不知从何说起。正因为没有一本书特别为她们写的。即或在普通大学习历史或教育，能有机会把《列女传》看完，且明白它从汉代到晚清社会具有何种价值与意义，一百人中恐不会到五个人。新的没有，旧的不读，这个现象说明一件事情，即大学教育设计中，对于女子教育的无计划。这无计划的现象，实由于缺乏了解不关心而来。在教育设计上俨然只尊重一个空洞名词“男女平等”，从不曾稍稍从身心两方面对社会适应上加以注意“男女有别”。因此教育出的女子，很容易成为一种庸俗平凡的类型；类型的特点是生命无性格，生活无目的，生存无幻想。一切都表示生物学上的退化现象。在上层社会妇女中，这个表示退化现象的类型尤其显著触目。下面是随手可拾的例子，代表这类型的三种样式。

某太太，是一个欧美留学生，她的出国是因为对妇女解放运动热心“活动”成功的。但为人似乎善忘，回国数年以后，她学的是什么，不特别人不知道，即她自己也仿佛不知道。她就用“太太”名分在社会上讨生活。依然继续两种方式“活动”，即出外与人谈妇女运动，在家与客人玩麻雀牌。她有几个同志，都是从麻雀牌桌上认识的。她生存下来既无任何高尚理想，也无什么美丽目的。不仅对“国家”与“人”并无多大兴趣，即她自己应当如何就活得更有生趣，她也从不曾思索过。大家都以为她是一个有荣誉、有地位而且有道德的上层妇女，事实上她只配说是一个代表上层阶级莫名其妙活下来的女人。

某名媛，家世教育都很好，无可疵议。战争后尚因事南去北来。她的事也许“经济”关系比“政治”关系密切。为人爱国，至少是她在与银行界中人物玩扑克时，曾努力给人造成一个爱国印象。每到南行时，就千方百计将许多金票放在袜子中、书本中、地图中，以及一切可以瞒过税官眼目的隐蔽处。可是这种对于金钱的癖好，处置这个阿堵物的小心处，若与使用它时的方式两相对照，便反映出这个上流妇女愚而贪得与愚而无知到如何惊人程度。她主要的兴趣在玩牌，她的教育与门阀，却使她作了国选代表。她虽代表妇女向社会要求应有的权利，她的兴趣倒集中在如何从昆明带点洋货过重庆，又如何由重庆带点金子到昆明。

某贵妇人，她的丈夫在社会上素称中坚分子，居领导地位。她毕业于欧洲一个最著名女子学校，嫁后即只作“贵妇”。到昆明来住在用外国钱币计值的上等旅馆，生活方能习惯。应某官僚宴会时，一席值百五十元，一瓶酒值两百元，散席后还照例玩牌到半夜。事后却向熟人说，云南什么都不能吃，玩牌时，输赢不到三千块钱，小气鬼。住云南两个小孩子的衣食用品，利用丈夫服务机关便利，无不从香港买来。可是依然觉得云南对她实在太不方便，且担心孩子无美国桔子吃，会患贫血病，因此住不久，一家人又乘飞机往香港去了。中国当前是个什么情形，她不明白，她是不是中国人，也似乎不很明白。她只明白她是一个“上等人”，一个“阔人”，如此而已。

这三个上等身分的妇女，在战争期有一个相同人生态度，即消磨生命的方式，唯一只是赌博。竟若命运已给她们注定，除玩牌外生命无可娱乐，亦无可作为。这种现象我们如不能说是“命定”，想寻出一个原因，就应当说这是“五四”以来国家当局对于女子教育无计划的表现。学校只教她们读书，并不曾教过她们做人。家庭既不能用何种方式训练她们，学校对她们生活也从不过问，一离开学校，嫁人后，丈夫若是小公务员，两夫妇都有机会成为赌鬼，丈夫成了新贵以后，她们自然很容易变成那样一个类型——软体动物。

五四运动在中国读书人思想观念上，解放了一些束缚，这是人人知道的一件事情。当初争取这种新的人生观时，表现在文字上行为上都很激烈，很兴奋，都觉得世界或社会，既因人而产生，道德和风俗，也因人而存在，“重新做人”的意识极强，“人的文学”于是成为一个动人的名词。“重新做人”虽已成为一个口号，具尽符咒的魔力，可是，如何重新做人，重新做什么样人，似乎被主持这个运动的人，把范围限制在“争自由”一面，含义太泛，把趋势放在“求性的自由”一方面，要求太窄。初期白话文学中的诗歌，小说，戏剧，大多数只反映出两性问题的重新认识，重新建设一个新观念，这新观念就侧重在“平等”，末了可以说，女人已被解放了。可是表示解放只是大学校可以男女同学，自由恋爱。政治上负责者，俨然应用下面观点轻轻松松对付了这个问题：

“要自由平等吧，如果男女同学你们看来就是自由平等，好，照你们意思办。”

于是开放了千年禁例，男女同学。正因为等于在无可奈何情形中放弃固有见解，取不干涉主义，因此对于男女同学教育上各问题，便不再过问。就是说在生理上，社会业务习惯上，家庭组织上，为女子设想能引起注意值得讨论的各种问题，从不作任何计划。换言之，即是在一种无目的的状况中，混了八年，由民八到民十六。我们若对过去稍加分析，自然会明白这八年中不仅女子教育如此，整个教育事实上都在拖混情形之中度过这八年，正是中国近三十年内政最黑暗糊涂时代。内战不息，军阀割据，贿选卖官，贪赃纳贿，一切都视为极其自然，负责者毫无羞耻感和责任感。北京政府的内政部不发薪，部员就撤卖故宫皇城作生活费用。教育部不发薪，部员就主张将京师图书馆藏书封存抵押。一切国家机关都俨然和官产处取同一态度，凡经手保管的都可自由处理变卖，不受任何限制。因此雍和宫喇嘛就卖法宝，天坛经管人就卖祭器。故宫有一群太监，民国以后留在京中侍候溥仪，因偷卖东西太多，恐被查出，索性一把火烧去大殿两幢灭迹，据估计损失至少值五千万！（后来故宫博物院长易培基的监守自盗，不过说明这个“北京风气”在革命成功后还未去尽罢了。比较起来，是最小一次偷偷摸摸案件，算不得一回事！）当时京畿驻军荒唐跋扈处更不可以想象，驻防颐和园西苑的奉军长官，竟随意把附近小山丘上几千棵合抱古柏和沿马路上万株风景树一齐砍伐，给北京城里木行作棺木，充劈柴。到后且异想天开，把圆明园废基的大石狮，大石华表，拱形石桥和白石栏杆，甚至于铺辇道的大石条，一律挖抬出卖，给燕京大学盖房子装点风景！大臣卖国，可说是异途同归，目的只在弄几个钱。大家卖来卖去，把屋里摆的，路上砌的，地面长的，地下放的，可卖的无一不卖，北京政府因此也就卖倒了。

北伐成功，中国统一后，政府对于高等教育虽定下了一些新章则，并学校，划学区，注意点似乎只重在分配地盘，调整人事，依然不曾注意到一个根本问题，即大学教育有个什么目的，男女同学同教，在十年试验中有些什么得失将待修正。主持教育的最高当局，至多从统计上知道受高等教育的男女人数比较，此外竟似乎别无兴趣可言。直到战前为止，二十年来的男女同学同教，这一段试验时间不为不长，在社会家庭各方面，已发生了些什么影响？两性问题从生理心理两方面研究认识，其他国家又有了些什么新的发现，可以用作参考？关于教学问题上，课程编排上，以及课外生活训练上，实在事事都需要用一个比较细心客观比较科学的态度来处理。尤其是现在，国内各地正有数百万壮丁参加战争，沿江沿海且有数千万民众向西南西北各省迁移，战时的适应，与战后的适应，对于女子无一不有个空前的变化，也就无一不需要教育负责人，给它一种最大的关心，看出一些问题，重新有个态度，且用极大勇气来试验，来处理。

这个时代像那种既已放弃了好好做人权利的妇人，在她们身分或生活上虽还很尊贵舒适，在历史意义上，实在只是一个废物，一种沉淀，民族新陈代谢工作，已经毫无意义，不足注意。所谓女子教育的对象，无妨把她们抛开。目前国内各处，至少有五千二十岁年青女子，五万十五岁年青女子，离开了家庭，在学校作学生，十年后必然还要到社会作主妇，作母亲，都需要一些比当前更进步更自重的作人知识，和更美丽更勇敢的人生观。有计划的在受教育时，应用各种训练方法，输入这种知识和人生观，实在是最高教育当局不能避免的责任。

此外凡是对于妇女运动具有热诚的人，也应当承认“改造运动”必较“解放运动”重要，“做人运动”必较“做事运动”重要。我们需要一个新的妇女运动，以“改造”与“做人”为目的。十六岁到二十岁的青年女子，若还有做人的自信心与自尊心，不愿意在十年后堕落到社会常见的以玩牌消磨生命的妇人类型中去，必对于这个改造与做人运动，感觉同情，热烈拥护。

我们还希望对于中层社会怀有兴趣的作家，能用一个比较新也比较健康的态度，用青年女子作对象，来写几部新式《青史子》或《列女传》。更希望对通俗文学充满信心的作家，以平常妇女为对象，用同样态度来写几部新式女儿经。从去年起始，“民族文学”成为一个应时的口号，若说民族文学有个广泛的含义，主要的是这个民族战胜后要建国，战败后想翻身。那么，这种作品必然成为民族文学最根本的形式或主题。

二

自然既极博大，也极残忍，战胜一切，孕育众生。

蝼蚁蚍蜉，伟人巨匠，一样在它怀抱中，和光同尘。因新陈代谢，有华屋山丘。智者明白“现象”，不为困缚，所以能用文字，在一切有生陆续失去意义，本身亦因死亡毫无意义时，使生命之光，煜煜照人，如烛如金。作烛虚二。

上星期下午，我过呈贡去看孩子，下车时将近黄昏，骑上了一匹栗色瘦马，向西南田埂走去。见西部天边，日头落处，天云明黄媚人，山色凝翠堆蓝。东部长山尚反照夕阳余光，剩下一片深紫。豆田中微风过处，绿浪翻银，萝卜花和油菜花黄白相间，一切景象庄严而兼华丽，实在令人感动。正在马上凝思时空，生命与自然，历史或文化，种种意义，俨然用当前一片光色作媒触剂，引起了许多奇异感想。忽然有两匹马从身后赶上，超过我马头不远，又依然慢下来了。马上两个二十岁左右大学生模样女子，很快乐的一面咬嚼酸梨，一面谈笑。说的是你吃三个她吃五个一类的话语。末后在前面一个较胖一点的，忽回头把个水淋淋的梨骨猛然向同伴抛去。同伴笑着一闪，那梨骨就不偏不正打在我的身上。两个女学生一声不响，却笑嘻嘻的勒马赶先跑了。那马夫好像嘲笑又好像安慰我，“那是学生”。我知道，这是学生——

把眼前自然景物和人事情形两相对照，使我感觉一种极其痛苦的印象，许多日以来不能去掉。一个人天生两只眼睛一张嘴，意思正似乎要我们多看少吃。这些近代女子做的事，竟恰恰像有意在违反自然的恩惠！

××也是一个大学生，年纪二十二岁，在国立大学二年级。关于读书事，连她自己也不大明白，为什么就入了大学英文系。功课还能及格，有一两门学科教员特别认真，就借同学笔记抄抄，写报告时也能勉强及格。家庭经济情况和爱好性情说来，她属于中产阶级的近代型女子。样子还相当好看，衣服又能够追随风气，所以在学校就常有男同学称她为“美人”。用“时代轮子转动了，我们一同飘流到这山国来”一类庸俗句子起始，写一些虽带做作气还不失去青春的热与香的信件。可是学校的书本和同学的殷勤都并不引起她多少兴趣。她需要的只是玩一玩，此外都不大关心。出门时也欢喜穿几件比较好看时新的衣服，打扮得体体面面，虽给人一个漂亮印象，宿舍中衣被可零乱而无秩序。金钱大部分用在吃食，最小部分方用来买书。她也学美术，历史，生物学，这一切知识都似乎只能同考试发生关系，决不能同生活发生关系。也努力学外国文，最大目的，只是能说话同洋人一样，得人赞美，并不想把它当成一个向人类崇高生命追求探索工具。做人无信心，无目的，无理想，正好像二十年前有人为她们争求解放，已解放了，但事实上她并不知道真正要解放的是什么。因此在年龄相差不多的女同学中，最先解放了一个胃口，随时都需要吃，随处都可以吃。倘若每天任何一时都能够用食物填塞到胃囊中，表示消化力之强。同时象征生命正是需要最少最少的想象，需要最多最多实际事物的年龄。想起她们那个还待解放或已解放的“性”，以及并无机会也好像不大需要解放的“头脑”，使人默然了。若想起这种青年女子，在另一时社会上还称她们为“摩登女郎”，能煽起有教养绅士青春的热，找回童年的梦，会觉得这个社会退化的可怕。

这正是另外一种类型，大凡家中有三五个子侄亲友的，总可以在其中发现那么一个女孩子。引起感想是这些女人旧知识学不了，新知识说不上。一眼看去还好，可不许人想想好到那里。

从这种类型女子说来，上帝真像有点草率处，使人想要询问，“老天爷，你究竟拿的是个什么主意，你是在有计划故意来试验训练男子？还是在无目的而任性情形中改造女人？”如果我们不宜把这问题牵引到“上帝”方面去，那就得承认这是“现代教育”的特点，只要她们读书，照二十年前习惯读书，读什么书？有什么用？谁都不大明白。作教育部长或大学教授的，作家长的，且似乎也永远不必须对这问题明白，或提出一些明智有益的意见。科学工作方面，我们虽然已经承认了豆类栽培可以发现遗传定律，稻棉可以有用杂交法育种，即在犬与鸽子禽兽身上，也知道采取了一个较新观点，加以训练。对于人的教育，尤其是与民族最有关系的女子教育，却一直到如今还脱不了在因习的自然状态下进行。这并不是人的蠢笨，实在是负责者懒惰与无知的表现！

这种现代教育的特点，如果不能引起当局的关心，有计划的来勇敢改造，我们就得自己想办法。这同许多问题差不多，总得有个办法，方能应付“明天”和“未来”！对妇女本身幸福快乐言，若知道关心明天和未来，也方能够把生命有个更合理更有意思的安排。

现代教育特点事实上应当称为弱点，改造运动必需从修正这个弱点而着手。修正方法消极方面是用礼貌节制她们的“胃部”，积极方面是用书本训练她们的“脑子”。一个“摩登女郎”的新的含义，应当是在饮食方面明白自制，在自然美方面还能够有兴致欣赏。且知道把从书本吸收一切人类广泛知识，看成是生命存在的特别权利，不仅仅当作学校或爸爸派定义务。扩大母性爱，对人类崇高美丽观念或现象充满敬慕与倾心，对是非好恶反应特别强，对现社会妇女堕落与腐败能认识又能免避，对作人兴趣特别浓厚也特别热诚，换言之，就是她既已从旧社会不良习惯观念中解放了出来，便能为新社会建立一个新的人格的标准。她不再是“自然”物，于人类社会关系上，仅仅在性的注定工作方面尽生育义务，从这种义务上讨取生活，以得人怜爱为已足。她还可以单为作一个“人”，用人的资格，好好处理她的头脑，运用到较高文化各方面去，放大她的生命与人格，从书本上吸收，同时也就创造，在生活上学习，同时也就享受。

我们是不是可以希望这种新女性，在这个新社会大学校学生群中陆续发现？形成这个五光十色的人生，若决定于人的意志力，也许我们需要的倒是一种“哲学”，一种表现这个优美理想的人生哲学，用它来作土壤，培植中国的未来新女性。

三

看看自己用笔写下的一切，总觉得很痛苦。先以为我“为运用文字而生”，现在反觉得“文字占有了我大部分生命。除此以外，别无所有，别无所余”。

重读《月下小景》、《八骏图》、《自传》，八年前在青岛海边一梧桐树下面，见朝日阳光透树影照地下，纵横交错，心境虚廓，眼目明爽，因之写成各书。二十三年写《边城》，也是在一小小院落中老槐树下，日影同样由树干枝叶间漏下，心若有所悟，若有所契，无滓渣，少凝滞。这时节实无阳光，仅窗口一片细雨，不成烟，不成雾，天已垂暮。

和尚，道士，会员，……人都俨然为一切名分而生存，为一切名词的迎拒取舍而生存。禁律益多，社会益复杂，禁律益严，人性即因之丧失净尽。许多所谓场面上人，事实上说来，不过如花园中的盆景，被人事强制曲折成为各种小巧而丑恶的形式罢了。一切所为所成就，无一不表示对于“自然”之违反，见出社会的拙象和人的愚心。然而所有各种人生学说，却无一不即起源于承认这种种，重新给以说明与界限。更表示对“自然”倾心的本性有所趋避，感到惶恐。这就是人生。也就是多数人生存下来的意义。

上海寄《昆明冬景》一书来，重阅《真俗人与假道学》。此文在《平明》第一期上发表时，熟人多以为被骂，不熟人更多以为被骂。读书人事，大抵如此。思想矜持，情感琐碎，规矩忌讳，多而又多。或有假时髦，恰如“新式傻大姐”，或有新绅士，正与所说绅士情形相同，好事心虚，从一字一句间照见自己面目，自然小小不怿，但亦无可奈何。因如果就普遍社会现象立论，既说及人，总不免有贤慧庸鄙，初无关于二三子言行。然二三子或将文章割裂，不欣赏，只搜索，以为此影射谁，彼影射谁，不怕煞风景，无益费精神，殊令人深觉可悯。正如有乡下人，大清早担柴挑草进城，不明白城市中人起居行动忌讳，就眼睛看到的，心中感觉的，随便说说，或有人迎面走来，即闷倒在地，以为有意中伤。或有人正拥被睡晏觉，做好梦，猛被这种声音惊醒，事虽由乡下人引起，这乡下人实在亦无可奈何。

莫泊桑说，“平常女子，大多数如有毛萝卜”。平常男子呢，一定还不如有毛萝卜，不过他并不说出。可是这个人，还是得生活在有毛无毛萝卜间数十年，到死为止。生前写了一本书，名叫《水上》，记载他活下来的感想，在有毛无毛萝卜间所见所闻所经验得来的种种感想。那本书恼怒了当时多少衣冠中人，不大明白。但很显然，有些人因此得承认，事实上我们如今还俨然生存在萝卜田地中，附近到处是“生命”，是另外一种也贴近泥土，也吸收雨露阳光，可不大会思索更不容许思索的生命。

因为《水上》，使我想起二十年前，在酉水中部某处一个小小码头边一种痛苦印象。有个老兵，那时害了很重的热病，躺在一只破烂空船中喘气等死。只自言自语说，“我要死的，我要死的”，声音很沉很悲，当时看来极难受，送了他两个橘子。且觉得甚不可解，“为什么一个人要死？是活够了还是活厌了？”过了一晚，天明后再去看看，人果然已经死了。死去后身体显得极瘦小，好像表示不愿意多占活人的空间。下陷的黑脸上有两只麻蝇爬着。橘子尚好好搁在身边。一切静寂，只听到水面微波嚼咬船板细碎声音。这个“过去”竟好好的保留在我印象中，活在我的印象中。

在他人看来，也许有点不可解，因为我觉得这种寂寞的死，比在城市中同一群莫名其妙的人热闹的生，倒有意义得多。

死既死不成，还得思活计。

驻防在陕西的朋友×××来信说，“你想来这里，极表欢迎。我已和×将军说过了，来时可以十分自由，看你要看的，写你想写的”。我真愿意到黄河岸边去，和短衣汉子坐土窑里，面对汤汤浊流，寝馈在炮火铁雨中一年半载，必可将生命化零为整，单单纯纯的熬下去，走出这个琐碎，懒惰，敷衍，虚伪的衣冠社会。一分新的生活，或能够使我从单纯中得到一点新的信心。

四

吴稚晖老先生喜说笑话，以为“人虽由虫豸进化而来，但进化到有灰白色脑髓质三斤十二两后，世界便大不相同。世界由人类处理，人自己也好好处理了自己”。其实这三斤多脑髓在人类中起巨大作用，还只是近百年来事情。至于周口店的猿人，头脑虽已经相当大，驾御物质，征服自然，通说不上。当时日常生活，不过是把石头敲尖磨光，绑在一个木棒上，捉打懦弱笨小一点生物，茹毛饮血过日子罢了。论起求生工具精巧灵便、自由洒脱时，比一只蝴蝶穿得花枝招展，把长长的吸管向花心吮蜜，满足时一飞而去，事实上就差多了。但人之所以为人，也就在此。人类求生并不是容易事，必在能飞、能潜、能啮、能螫、能跑、能跳，能钻入地里，能寄生别的生物身上，在一群大小不一生物中努力竞争，方能支持生命。在各种困苦艰难中训练出了一点能力，把能力扩大延长，才有今日。

这么努力，正好像有点为上天所忌，所以在人类中直到如今，尚保留了两种本能：一种是好斗本能，一种是懒惰本能。好斗与求生有密切关系。但好斗与愚蠢在情绪上好像又有种稀奇接合，换言之，就是古代斗的方式用于现代，常常不可免成为愚行，因此人固然产生了近代文明，然而近代文明也就大规模毁灭人的生命（战胜者同样毁灭）。这成毁互见，可说是自然恶作剧事例之一。懒惰也似乎与求生不可分，即生命的新陈代谢，需要有个秩序安排，方能平均。有懒惰方可产生淘汰，促进新陈代谢作用。这世界若无一部分人懒惰，进步情形，必大大不同，说不定会使许多生物都不能同时存在。即同属人类，较幼弱者亦恐无机会向上。即属同一种族，优秀而新起的，也不容易抬头。这可说是自然小聪明处另外一面。

好斗本能与愚行容易相混，大约是“工具”与“思想”发展不能同时并进的结果。是一时的现象，将来或可望改变。最大改变即求种族生存，不单纯诉诸武力与武器，另外尚可望发明一种工具，至少与武力武器有平行功效的工具。这工具是抽象的观念，非具体的枪炮。至于懒惰本能，形成它的原因，大致如下：即人虽与虫豸起居生活截然不同，脑子虽比多数生物分量重，花样多，但基本的愿望，多数还是与低级生物相去不多远，要生存，要发展。易言之，即是要满足食与性。所愿不深，容易达到，故易满足，自趋懒惰。一个民族中懒惰分子日多，从生物观点上说，不算是件坏事，从社会进步上说，也就相当可怕。但这种分子若属知识阶级，倒与他们所学“人为生物之一”原则相合。因为多数生物，能饱吃好睡，到性周期时生儿育女不受妨碍，即可得到生存愉快。人类当然需要这种安逸的愉快。不过知识积累，产生各样书本，包含各种观念，求生存图进步的贪心，因知识越多，问题也就越多。读书人若使用脑子，尽让这些事在脑子中旋转不已，会有多少苦恼，多少麻烦！事情显然明白，多数的读书人，将生命与生活来作各种抽象思索，对于他的脑子是不大相宜的。这些人大部分是因缘时会，或袭先人之余荫，虽在国内国外，读书一堆，知识上已成“专家”后，在作人意识上，其实还只是一个单位，一种“生物”。只要能吃，能睡，且能生育，即已满足愉快。并无何等幻想或理想推之向上或向前，尤其是不大愿因幻想理想而受苦，影响到已成习惯的日常生活太多。平时如此，即在战时，自然还是如此。生活下来俨然随时随处都可望安全而自足，为的是生存目的只是目下安全而自足。虽如罗素所说，“远虑”是人类的特点，但其实远虑只是少数又少数人的特点，这种近代教育培养成的知识阶级，大多数是无足语的！

人当然应像个生物。尽手足勤劳贴近土地，使用锄头犁耙作工具以求生，是农民更像一个生物的例子。至于知识分子呢，只好用他们玩牌兴趣嗜好来作说明了。照道理说来，这些人是已因抽象知识的增多，与生物的单纯越离越远的。但这些人却以此为不幸，为痛苦，实在也是不幸痛苦，所以就有人发明麻雀牌和扑克牌，把这些人的有用脑子转移到与人类进步完全不相干的小小得失悲欢上去。这么一来，这些上等人就不至于为知识所苦，生活得很像一个“生物”了。不过话说回来，若有人把这个现象从深处发掘，认为他们这点求娱乐习惯，是发源于与虫豸“本能”一致的要求时，他们却常常会感到受讽刺而不安。只是这不安事实上并不能把玩牌兴趣或需要去掉，亦不过依然是三四个人在牌桌旁发发牢骚罢了。为的是虫豸在习惯上比人价值低得多，所以有小小不安，玩牌在习惯上已成为上等人一种享乐，所以还是继续玩牌。

对于读书人玩牌的嗜好，我并不像许多老年人看法简单，以为是民族“堕落”问题。我只觉得这是一个“懒惰”现象，而且同时还认为是一个“自然”现象。因为这些人已能靠工作名分在社会有吃、有穿，作工作事都有个一定时间，只要不误事就不会受淘汰，学的既是普通所说近代教育，思想平凡而自私，根本上又并无什么生活理想，剩余生命的耗费，当然不是用扑克牌就是用麻雀牌。懒惰结果从全个民族精力使用方式上来说，大不经济，但由这些“上等人”个人观点说，却好像是很潇洒而快乐的。由于这么一来，一面他是在享受自由主义承平时代公民的权利；一面他不思不想，可以更像一个生物（于此我们正可见出上帝之巧慧）！

譬如有一人，若超越习惯心与眼，对这种知识分子活在当前情形下，加以权利义务的检视，稍稍对于他们的生活观念与生活习惯感到怀疑和不敬，引起的反应，还是不会好。反应方式是这些人必依然一面玩牌，一面生气。“你说我是虫豸，我倒偏要如此。你不玩牌，做圣人去好了。”于是大家一阵哈哈大笑起来，桃花杏花，皇后王子，换牌洗牌，纠纷一团，时间也就过去了。或者意犹未平，就转述一点马路消息，抵补自己情绪上的损失，说到末了，依然一阵大笑。单纯生气，恼羞成怒，尚可救药。因为究竟有一根看不见的小刺签在这些人的心上，刺虽极小，总得拔去。若只付之一笑，就不免如古人所说“日光之下无新事”，且有同好三天三夜不下桌子的事，精神壮旺，可想而知。当然一切还是照旧。

不知何故，这类小事细细想来，也就令人痛苦。我纵把这种懒惰本能解释为自然意思，玩牌又不过是表示人类求愉快之一种现象，还是不免痛苦。正因为我们还知道这个民族目前或将来，想要与其他民族竞争生存，不管战时或承平，总之懒惰不得的。不特有许多事要人去做，其实还有许多事要人去想。而且事情居多是先要人想出一个条理头绪，方能叫人去做。一懒惰就糟糕！目下知识分子中，若能保留罗素所谓人类“远虑”长处多一些，岂不很好？眼见的是这种“人之师”就无什么方法可以将他们的生活观重造，耗费剩余生命最高应用方式还只会玩牌。更年青一点的呢，且有从先生们剪花样造就自己趋势，那就未免太可怕！

我们怎么办？是顺天体道，听其自然，还是不甘灭亡，另作打算？我们似乎还需要一些不能安于目前生活习惯与思想形式又不怕痛苦的年青读书人，或由于“远虑”，或由于“好事”，在一个较新观点上活下来，第一件事是能战胜懒惰。我们对于种族存亡的远虑，若认为至少应当如虫豸对于后嗣处理的谨慎认真，会觉得知识分子把一部分生命交给花骨头和花纸，实在是件可怕和可羞事情。

“怕”与“羞”两个字的意义，在过去时代，或因鬼神迷信与性的禁忌，在年青人情绪上占有一个重要位置。三千年民族生存与之不无关系。目下这两字意义却已大部分失去了。所以使读书人感觉某种行为可怕或可羞，在迷信、禁忌以及法律以外产生这种感觉，实在是一种艰难伟大的工作，要许多有心人共同努力，方有结果。文学艺术，都得由此出发。可是这问题目下说来，正像痴人说梦，正因为所谓有心人的意识上，对许多事也就只是糊糊涂涂，马马虎虎，功利心切，虚荣心大，不敢向深处思索，俨然唯恐如此一来就会溺死在自己思想中。抄抄撮撮，读书教书。轻松写作之余，还是乐意玩三百分数目以至于如一些军官大老玩玩天九牌，散散心。生命相抵相销，末了等于一个零。

我似乎正在同上帝争斗。我明白许多事不可为，努力终究等于白费，口上沉默，我心并不沉默。我幻想在未来读书人中，还能重新用文学艺术激起他们“怕”和“羞”的情感，因远虑而自觉，把玩牌一事看成为唯有某种无用废人（如像老妓女一类人）方能享受的特有娱乐。因为这些人经营的是性的事业，身体到晚年实在相当可悯，已够令人同情了，这些人生活下来，脑子不必多所思索，尽职之余，总得娱乐散心，玩牌便是他最好散心工具。我那么想，简直是在同人类本来惰性争斗，同上帝争斗。

五

说他人不如说自己。记人事不如记心情，试从《三星在户》杂记中摘抄若干则。作烛虚五。

书本给我的启示极多，我欢喜《新约·哥林多书》记的一段：

我认得一个在基督里的人，……我认得这人，或在身内，或在身外，我都不知道，只有神知道。他被提到乐园里，听见隐秘的言语，是人不可说的。为这人，我要夸口。但是为我自己，除了我的软弱以外，我并不夸口。

——《哥林多书》十二章四〇四页

办事处小楼上隔壁住了个木匠，终日锤子凿子，敲敲打打，声音不息。可是真正吵闹到我不能构思不能休息的，似乎还是些无形的事物，一片颜色，一闪光，在回想中盘旋的一点笑和怨，支吾与矜持，过去与未来。

为了这一切，上帝知道我应当怎么办。

我需要清静，到一个绝对孤独环境里去消化消化生命中具体与抽象。最好去处是到个庙宇前小河旁边大石头上坐坐，这石头是被阳光和雨露漂白磨光了的。雨季来时上面长了些绿绒似的苔类。雨季一过，苔已干枯了，在一片未干枯苔上正开着小小蓝花白花，有细脚蜘蛛在旁边爬。河水从石罅间漱流，水中石子蚌壳都分分明明。石头旁长了一株大树，枝干苍青，叶已脱尽。我需要在这种地方，一个月或一天。我必须同外物完全隔绝，方能同“自己”重新接近。

黄昏时闻湖边人家竹园里有画眉鸣啭，使我感觉悲哀。因为这些声音对于我实在极熟习，又似乎完全陌生。二十年前这种声音常常把我灵魂带向高楼大厦灯火辉煌的城市里，事实上那时节我却是个小流氓，正坐在沅水支流一条小河边大石头上，面对一派清波，做白日梦。如今居然已生活在二十年前的梦境里，而且感到厌倦了，我却明白了自己，始终还是个乡下人。但与乡村已离得很远很远了。

二十八，五，五。

我发现在城市中活下来的我，生命俨然只淘剩一个空壳。譬喻说，正如一个荒凉的原野，一切在社会上具有商业价值的知识种子，或道德意义的观念种子，都不能生根发芽。个人的努力或他人的关心，都无结果。试仔细加以注意，这原野可发现一片水塘泽地，一些瘦小芦苇，一株半枯柽柳，一个死兽的骸骨，一只干田鼠。泽地角隅尚开着一丛丛小小白花紫花（报春花），原野中唯一的春天。生命已被“时间”“人事”剥蚀快尽了。天空中鸟也不再在这原野上飞过投个影子。生存俨然只是烦琐继续烦琐，什么都无意义。

百年后也许会有一个好事者，从我这个记载加以检举，判案似的说道：“这个人在××年已充分表示厌世精神。”要那么说，就尽管说好了，这于我是不相干的。

事实上我并不厌世。人生实在是一本大书，内容复杂，分量沉重，值得翻到个人所能翻看到的最后一页，而且必须慢慢的翻。我只是翻得太快，看了些不许看的事迹。我得稍稍休息，缓一口气！我过于爱有生一切。爱与死为邻，我因此常常想到死。在有生中我发现了“美”，那本身形与线即代表一种最高的德性，使人乐于受它的统制，受它的处治。人的智慧无不由此影响而来。典雅词令与华美文字，与之相比都见得黯然无光，如细碎星点在朗月照耀下同样黯然无光。它或者是一个人，一件物，一种抽象符号的结集排比，令人都只想低首表示虔敬。阿拉伯人在沙漠中用嘴唇触地，表示皈依真主，情绪和这种情形正复相同，意思是如此一来，虽不曾接近真主，至少已接近上帝造物。

这种美或由上帝造物之手所产生，一片铜，一块石头，一把线，一组声音，其物虽小，可以见世界之大，并见世界之全。或即“造物”，最直接最简便那个“人”。流星闪电刹那即逝，即从此显示一种美丽的圣境，人亦相同。一微笑，一皱眉，无不同样可以显出那种圣境。一个人的手足眉发在此一闪即逝更缥缈的印象中，既无不可以见出造物者手艺之无比精巧。凡知道用各种感觉捕捉住这种美丽神奇光影的，此光影在生命中即终生不灭。但丁、歌德、曹植、李煜便是将这种光影用文字组成形式，保留的比较完整的几个人。这些人写成的作品虽各不相同，所得启示必中外古今如一，即一刹那间被美丽所照耀，所征服，所教育是也。

“如中毒，如受电，当之者必喑哑萎悴，动弹不得，失其所信所守。”美之所以为美，恰恰如此。

我好单独，或许正希望从单独中接近印象里未消失那一点美。温习过去，即依然能令人神智清明，灵魂放光，恢复情感中业已失去甚久之哀乐弹性。

五，十。

宇宙实在是个极复杂的东西，大如太空列宿，小至蚍蜉蝼蚁，一切分裂与分解，一切繁殖与死亡，一切活动与变易，俨然都各有秩序，照固定计划向一个目的进行。然而这种目的，却尚在活人思索观念边际以外，难于说明。人心复杂，似有过之无不及。然而目的却显然明白，即求生命永生。永生意义，或为生命分裂而成子嗣延续，或凭不同材料产生文学艺术。也有人仅仅从抽象产生一种境界，在这种境界中陶醉，于是得到永生快乐的。

我不懂音乐，倒常常想用音乐表现这种境界。正因为这种境界，似乎用文字颜色以及一切坚硬的物质材器通通不易保存（本身极不具体，当然不能用具体之物保存）。如知和声作曲，必可制成比写作十倍深刻完整动人乐章。

表现一抽象美丽印象，文字不如绘画，绘画不如数学，数学似乎又不如音乐。因为大部分所谓“印象动人”，多近于从具体事实感官经验而得到。这印象用文字保存，虽困难尚不十分困难。但由幻想而来的形式流动不居的美，就只有音乐，或宏壮，或柔静，同样在抽象形式中流动，方可望能将它好好保存并加以重现。

试举一例。仿佛某时、某地、某人，微风拂面，山花照眼，河水浑浊而有生气，上浮着菜叶。有小小青蛙在河畔草丛间跳跃，远处母黄牛在豆田阡陌间长声唤子。上游或下游不知谁处有造船人斧斤声，遥度山谷而至。河边有紫花、红花、白花、蓝花，每一种花每一种颜色都包含一种动人的回忆和美丽联想。试摘蓝花一束，抛向河中，让它与菜叶一同逐流而去，再追索这花色香的历史，则长发、清眄、粉脸、素足，都一一于印象中显现。似陌生、似熟习，本来各自分散，不相粘附，这时节忽拼合成一完整形体，美目含睇，手足微动，如闻清歌，似有爱怨。……稍过一时，一切已消失无余，只觉一白鸽在虚空飞翔。在不占据他人视线与其他物质的心的虚空中飞翔，一片白光荡摇不定。无声、无香，只一片白。《法华经》虽有对于这种情绪极美丽形容，尚令人感觉文字大不济事，难于捕捉这种境界。……又稍过一时，明窗绿树，已成陈迹。惟窗前尚有小小红花在印象中鲜艳夺目，如焚如烧。这颗心也同样如焚如烧。……唉，上帝。生命之火燃了又熄了，一点蓝焰，一堆灰。谁看到？谁明白？谁相信？

我说的是什么？凡能著于文字的事事物物，不过一个人的幻想之糟粕而已。

天气阴雨，对街瓦沟一片苔，因雨而绿，逼近眼边。心之所注，亦如在虚幻中因雨而绿，且开花似碎锦，一片芬芳，温静美好，不可用言语形容。白日既去，黄昏随来，夜已深静，我尚依然坐在桌边，不知何事必须如此有意挫折自己肉体，求得另外一种解脱。解脱不得，自然困缚转加。直到四点，闻鸡叫声，方把灯一扭熄，眼已润湿。看看窗间横格已有微白。如闻一极熟习语音，带着自得其乐的神气说："荷叶田田，露似银珠。"不知何意。但声音十分柔美，因此又如有秀腰白齿，往来于一巨大梧桐树下。桐荚如小船，中有梧子。思接手牵引，既不可及。忽尔一笑，翻成愁苦。

凡此种种，如由莫扎克用音符排组，自然即可望在人间成一惊心动魄佚神荡志乐章。目前我手中所有，不过一枝破笔，一堆附有各种历史上的霉斑与俗气意义文字而已。用这种文字写出来时，自然好像不免十分陈腐，相当颓废，有些不可解。

六，一。

上帝吝于人者甚多。人若明白这一点，必求其自取自用。求自取自用，以"人"教育"我"是唯一方法。教育"我"的事照例于"人"无损，扩大自我，不过更明白"人"而已。

天之予人经验，厚薄多方，不可一例。耳目口鼻虽同具一种外形，一种同样能感受吸收外物外事本性，可是生命的深度，人与人实在相去悬远。读万卷书，行万里路，自然有浩浩然雍雍然书卷气和豪爽气。然而识万种人，明白万种人事，从其中求同识差，有此一分知识，似乎也不是坏事。知人方足以论世。知人在大千世界中，虽只占一个极平常地位，而且个体生命又甚短促，然而手脑并用，工具与观念堆积日多，人类因之就日有进步，日趋复杂，直到如今情形。所谓知人，并非认识其复杂，只是归纳万汇，把人认为一单纯不过之“生物”而已。极少人能违反生物原则，换言之，便是极少人能避免自然所派定义务，“爱”与“死”。人既必死，即应在生存时知所以生。故孔子说，“未知生，焉知死?”多数人以为能好好吃喝，生儿育女，即可谓知生。然而尚应当有少数人，知生存意义，不仅仅是吃喝了事！爱就是生的一种方式，知道爱的也并不多。

我实需要“静”，用它来培养“知”，启发“慧”，悟彻“爱”和“怨”等等文字相对的意义。到明白较多后，再用它来重新给“人”好好作一度诠释，超越世俗爱憎哀乐的方式，探索“人”的灵魂深处或意识边际，发现“人”，说明“爱”与“死”可能具有若干新的形式。这工作必然可将那个“我”扩大，占有更大的空间，或更长久的时间。

可是目前问题呢，我仿佛正在从各种努力上将自己生命缩小，似乎必如此方能发现自己，得到自己，认识自己。“吾丧我”，我恰如在找寻中。生命或灵魂，都已破破碎碎，得重新用一种带胶性观念把它粘合起来，或用别一种人格的光和热照耀烘炙，方能有一个新生的我。

可是，这个我的存在，还为的是返照人。正因为一个人的青春是需要装饰的，如不能用智慧来装饰，就用愚騃也无妨。

八，三

潜渊

一

黄昏极美丽悦人。光景清寂，极静，独坐小蒲团上，望窗口微明，欧战从一日起始，至今天为止，已三十天。此三十天中波兰即已灭亡。一国家养兵至一百万，一月中即告灭亡，何况一人心中所信所守，能有几许力量，抗抵某种势力侵入？一九三九之九月，实一值得记忆的月份。人类用双手一头脑创造出一个惊心动魄文明世界，然此文明不旋踵立即由人手毁去。人之十指，所成所毁，亦已多矣。

九月××

二

读《人与技术》、《红百合》二书各数章。小楼上阳光甚美，心中茫然，如一战败武士，受伤后独卧荒草间，武器与武力已全失。午后秋阳照铜甲上炙热。手边有小小甲虫爬行，耳畔闻远处尚有落荒战马狂奔，不觉眼湿。心中实充满作战雄心，又似觉一切已成过去，生命中仅残余一种幻念，一种陈迹的温习。

心若翻腾，渴想海边，及海边可能见到的一切。沙滩上为浪潮漂白的一些螺蚌残壳，泥路上一朵小小蓝花，天末一片白帆，一片紫。

房中静极。面对窗上三角形夕阳黄光，如有所悟，亦如有所惑。

十月××

三

晴。六时即起。甚愿得在温暖阳光下沉思，使肩背与心同在朝阳炙晒中感到灼热。灼热中回复清凉，生命从疲乏得到新生。久病新瘥一般新生。所思者或为阳光下生长一种造物（精巧而完美，秀与壮并之造物），并非阳光本身。或非造物，仅仅造物所遗留之一种光与影，形与线。

人有为这种光影形线而感兴激动的，世人必称之为“痴汉”。因大多数人都“不痴”，知从“实在”上讨生活，或从“意义”“名分”上讨生活。捕蚊捉虱，玩牌下棋，在小小得失上注意关心，引起哀乐，即可度过一生。生活安适，即已满足。活到末了，倒下完毕。多数人所需要的是“生活”，并非对于“生命”具有何种特殊理解，故亦不必追寻生命如何使用，方觉更有意思。因此若有一人，超越习惯的心与眼，对于美特具敏感，自然即被称为痴汉。此痴汉行为，若与多数人庸俗利害观念相冲突，且成为罪犯，为恶徒，为叛逆。换言之，即一切不吉名词无一不可加诸其身，对此符号，消极意思为“沾惹不得”，积极企图为“与众弃之”。然一切文学美术以及人类思想组织上巨大成就，常惟痴汉有分，与多数无涉，事情显明而易见。

十月××

四

金钱对“生活”虽好像是必需的，对“生命”似不必需。生命所需，惟对于现世之光影疯狂而已。因生命本身，从阳光雨露而来，即如火焰，有热有光。

我如有意挫折此奔放生命，故从一切造形小物事上发生嗜好，即不能挫折它，亦可望陶冶它，羁縻它，转变它。不知者以为留心细物，所志甚小。见闻不广，无多大价值物事，亦如宝贝，加以重视，未免可笑。这些人所谓价值，自然不离金钱，意即商业价值。

美固无所不在，凡属造形，如用泛神情感去接近，即无不可以见出其精巧处和完整处。生命之最大意义，能用于对自然或人工巧妙完美而倾心，人之所同。惟宗教与金钱，或归纳，或消灭。因此令多数人生活下来都庸俗呆笨，了无趣味。某种人情感或被世务所阉割，淡漠如一僵尸，或欲扮道学，充绅士，作君子，深深惧怕被任何一种美所袭击，支撑不住，必致误事。又或受佛教“不净观”影响，默会《诃欲经》本意，以爱与欲不可分，惶恐逃避，惟恐不及。像这些人，对于“美”，对于一切美物、美行、美事、美观念，无不漠然处之，竟若毫无反应。

不过试从文学史或美术史（以至于人类史）上加以清查，却可得一结论，即伟人巨匠，千载宗师，无一不对于美特具敏锐感触，或取调和态度，融汇之以成为一种思想，如经典制作者对于经典文学符号排比的准确与关心。或听其撼动，如艺术家之与美对面时从不逃避某种光影形线所感印之痛苦，以及因此产生佚智失理之疯狂行为。举凡所谓活下来“四平八稳”人物，生存时自己无所谓，死去后他人对之亦无所谓。但有一点应当明白，即“社会”一物，是由这种人支持的。

十月××

五

饭后倦极。至翠湖土堤上一走。木叶微脱，红花萎悴，水清而草乱。猪耳莲尚开淡紫花，静贴水面。阳光照及大地，随阳光所及，举目临眺，但觉房屋人树，及一池清水，无不如相互之间，大有关系。然个人生命，转若甚感单独，无所皈依，亦无附丽。上天下地，粘滞不住。过去生命可追寻处，并非一堆杂著，只是随身记事小册三五本，名为记事，事无可记，即记下亦无可观。惟生命形式，或可于字句间求索得到一二，足供温习。生命随日月交替，而有新陈代谢现象，有变化，有移易。生命者，只前进，不后退，能迈进，难静止。到必需“温习过去”，则目前情形可想而知。沉默甚久，生悲悯心。

我目前俨然因一切官能都十分疲劳，心智神经失去灵明与弹性，只想休息。或如有所规避，即逃脱彼噬心嚼知之“抽象”。由无数造物空间时间综合而成之一种美的抽象。然生命与抽象固不可分，真欲逃避，惟有死亡。是的，我的休息，便是多数人说的死。

十月××

六

在阳光下追思过去，俨然整个生命俱在两种以及无数种力量中支撑抗拒，消磨净尽，所得惟一种知识，即由人之双手所完成之无数泥土陶瓷形象，与由上帝双手抟泥所完成之无数造物灵魂有所会心而已。令人痛苦也就在此。人若欲贴近土地，呼吸空气，感受幸福，则不必有如此一分知识。多数人或具有一种浓厚动物本性，如猪如狗，或虽如猪如狗，惟感情被种种名词所阉割，皆可望从日常生活中感到完美与幸福。譬如说“爱”，这些人爱之基础或完全建筑在一种“情欲”事实上，或纯粹建筑在一种“道德”名分上，异途同归，皆可得到安定与快乐。若将它建筑在一抽象的“美”上，结果自然到处见出缺陷和不幸。因美与“神”近，即与“人”远。生命具神性，生活在人间，两相对峙，纠纷随来。情感可轻翥高飞，翱翔天外，肉体实呆滞沉重，不离泥土。

××说：“×××年前死得其所，是其时。”即“人”对“神”的意见，亦即神性必败一个象征。××实死得其时，因为救了一个“人”，一个贴近地面的人。但××若不死，未尝不可以使另外若干人增加其神性。

有些人梦想生翅膀一双，以为若生翅翼，必可轻举，向日飞去。事实上即背上生出翅膀，亦不宜高飞。如×××。有些人从不梦想。惟时时从地面踊跃升腾，作飞起势，飞起计。虽腾空不过三尺，旋即堕地。依然永不断念，信心特坚。如×××。前者是艺术家，后者是革命家。但一个文学作家，似乎必需兼有两种性格。

十月××

十月十六日摘抄

潜渊（第二节）[1]

——油在水面，就失去了粘腻性质，转成一片虹彩，美丽悦目。人的意象，有时也可以敷布于时间上，作成虹彩共有七色，且多变化，可以感觉，不易捉摸。

……一月已开始。雨季已成过去，阳光甚好。气候温暖如春天。然而景物清流。想在散步处地面发现一二种小小虫蚁，具有某种不同意志，表现到它本身奇怪造形上，斑驳色彩上。搜索甚久，毫无结果。人倒很多。到处可以碰头。样子都差不多，睡眠不足，营养不足。俨然多少代都生活在一种无信心、无目的、无理想情形中。脸部各种官能因不曾好好运用，都显出一种疲倦或退化神情。在这种人群中散步，我总不免要胡思乱想，用什么方法可以使这些人都多有一点生存兴趣哭起来笑起来？似乎需要一个“神”，一种“神

1.《潜渊》（第二节）1940年2月17日发表于《中央日报》，与1941年编入《烛虚》的《潜渊》不同。现接排在此。

话”。有个“明天”威胁他，“引诱”他。本地菩萨虽多，都是铜铸的，实缺少神性。作法又不新不旧，毫无美感。也许真正需要的是一个艺术家，文学作家，来创造神与神话。天云少变化，地面少虫蚁，人的幻想难展开，神与神话产生亦不容易。似乎还有□三有心人，想用钢铁作材料，排比堆积，建筑若干美丽观念，从此观念上产生一点“信心”。好好的活与更好的活的信心。（在某一意义上说，这个信心又应当名为“野心”。）中国人好像又都需要它。

静中如闻呼唤声。读沙宁一章。心甚跌宕，俨若对生存无所自主，但思依傍一物，方能免于入渊陷泥。然当前所依傍的本身，也就正像一个往“不可知”深渊中陷溺之物体。虽荇藻纠缠下沉极缓，明明白白，生命却在下沉中。渊深无底，不易着脚。下陷越深，压力越大，因此视听诸官觉，逐渐失去灵明敏锐感□□终于胡涂，与木石同（人各被称为“信天翁”的，幸福处就在一切自然限制，从不引起他的恐惧。生命欲望，从不归纳成为一个目的）。

然人到明知明天此种不可免情形时，转觉镇静。水中荇藻鱼鳖，无不看得清清楚楚。即小“水猛子”虫，在水草间弹来弹去的虾米，如何活动，如何生长，如何发展，又如何新陈代谢，总之无不为个印象。所见既多，转觉人生可悯。庄周两千年前用文字建设一种“明智”与“解脱”观念，就正是因为生命粘住在“事实”上，生悲悯心，强为诠释，用以自慰罢了。

晚月已上，清光照大地，如敷银灰。树木房屋，无不各具一种奇异光影，带有魔性和神性。在月下排组过去当前人事，俨然从此即可见出一个“未来”。从人家暗下走过时，正见一片月光上窗，从容而自在，如万千年前即已如此，一切俱不足惊讶。自视这颗心，为一切人生景象狂跳了三十六年，直到如今还依然在一切问题上一切现象上感动到不可想象。生存即永远如在风雨中。所谓“乡下人”，特点或弱点也正在此。见事少，反应强。孩心与稚气与沉默自然对面时，如从自然领受许多无言的教训，调整到生命，不知不觉化成自然一部分。若在人事光影中辗转，即永远迷路，不辨东西南北，轻重得失。既不相信具有导路碑意义的一切典籍，也很惑疑活人所以活下来应付生存的种种观念与意见，俨若百货店窗边望望，十字街口站站，到城市十五年即成过去，目的与理想都是孩心与稚气向天上的花云与地面的水潦想象建筑起来的一□不切实际□□□□特点，也形成□□弱点。

黄昏微风动草，远处人家房瓦上有一面旗帜翻飞。日光普照百物，无物不□有温暖感觉。湖水虽若异常清冷，惟鱼类似即仅因光明，就显得活泼好动。日落后，见浅白天空中忽现一星，光弱而美，令人起奇异幻觉。如七月天在草原上一株孤树下仰天躺卧外，与一条曲虹相对时情景。似宗教情绪与情想意识合而为一，引起轻微骚乱，骚乱中交织悦乐与惆怅，两者如此分明可如此模糊。我见到的是一种什么事物？我感到的又是一种什么人生？这一切如何空虚，又如何具体！

试摘采路旁一小小红花，另外一时温习此“当前”光景时，或可用它作记忆之舟楫。但这小花一到手中就谢落了。水塘中苇子，向天直矗如枪，拔颖如旌旗，带银光有毛长穗在轻风中微微摇荡，甚美丽动人，与抽象心情相称，不可攀折。

天阴有云，不见阳光。默坐窗前，睇视窗上紫纱如一个摇网，（似动实静）兜来兜去，网住了我一切幻想，无从挣扎。试想凭一种莫扎克乐曲中或可得到救助，将生命从得失哀乐中拉开上升。上升到一个超越利害，是非，爱怨境界中，惟与某种造形所赋“意象”同在并存。一切静寂只有一组声音在动，表现生命纯粹。然而势不可能。音乐在过去虽能使无分量无体积的心智或灵魂受浣濯后，转成明莹光洁，在当前实在毫无意义。

长庚

一

久不出门，天雨闷人，上街去买点书，买点杂用事物，同时也想看看人，从“无言之教”得到一点启发。街上人多如蛆，杂声嚣闹。尤以带女性的男子话语到处可闻，很觉得古怪。心想：这正是中华民族的悲剧。雄身而雌声的人特别多，不祥之至。人既雄身而雌声，因此国事与家事便常相混淆，不可分别。“亲戚”不仅在政治上是个有势力有实力的名词，经济，教育，文学，任何一方面事业，也与“亲戚”关系特别深。“外戚”“宦官”虽已成为历史上名词，事实上我们三千年的历史一面固可夸耀，一面也就不知不觉支配到这个民族，困缚了这个民族的命运。如今有多少人作事，不是因“亲戚”面子得来！有多少从政者，不是用一个阉宦风格，取悦逢迎，巩固他的大小地位！这也就名为“政治”。走来走去，看到这种政治人物不少，心转悲戚。活在这种人群中，俨若生存只是一种嘲讽。

晚上到承华圃送个朋友到医院去，闻几个“知识阶级”玩牌争吵声，油然生悲悯心。觉人生长勤，各有其分。正如陈思王佚诗，“巢许让天下，商贾争一钱”；在争让中就可见出所谓人生两极。这两极分野，并不以教育身分为标准。换言之，就是不以识字多少或社会地位大小为标准。同为圆颅方踵，不识字身分低的人，三年战争的种种表现，尽人皆知。至于有许多受过高等教育，在外表上称绅士淑女的，事实上这种人的生活兴趣，不过同虫蚁一样，在庸俗的污泥里滚爬罢了。这种人在滚爬中也居然搀杂泪和笑，活下来，就活在这种小小得失恩怨中，死去了，世界上少了一个“知识阶级”，如此而已。这种人照例永远还是社会中的“多数”。历史虽变，人性不变，所以屈原两千年前就有哺糟啜醨以谐俗的愤激话。这个感情丰富作人认真的楚国贤臣，虽装做世故，势不可能，众醉独醒，作人不易，到末了还是自沉清流，一死了事。人虽死了，事还是不了的。两千年后的考据家，便很肯定的说：“屈原是个疯子。政治上不得意，所以发疯自杀。”这几句话倒说明了另外一件事实，近代中国从政者自杀之少，原来政治家不得于此者还可望得意于彼，所以不会疯，也从不闻自杀。可是任何时代一个人脑子若从人事上作较深思索，理想同事实对面，神经张力逾限，稳定不住自己，当然会发疯，会自杀！再不然，他这种思索的方式，也会被人当作疯子，或被人杀头的。庄子既不肯自杀，也不愿被杀，所以宁曳尾泥涂以乐天年。同样近于自沉，即将生命沉于一个对人生轻嘲与鄙视的态度中。这态度稳定了他，救活了一条老命，多活几年，看尽了政治上得意成功人的种种，也骂尽了这种得意成功人的丑态，死去时，却得到一个“聪明人”称呼，作品且为后来道家一部重要经典。其实两个人对于他们所熟习的中层分子，是同样感到完全绝望的。虽然两千年来两人的作品，还靠的是这种中层分子来捧场，来欣赏，来研究。

九号。

二

在乡下住，黄昏时独自到后山高处去，望天空云影，由紫转黑，天空尚净白，云已墨黑。树影亦如墨色，夜尚未来。远望滇池，一片薄烟，令人十分感动。在仙人掌作成的篱笆间，看长脚蜘蛛缀网，经营甚力，忽若有契于心。人生百年长勤，大都如是！捕蚊捉虫，其事虽小，然与生存大有关系，便自然会有意义。世界上有不少人所思所愿，脑子中转来运去，恐怕总逃不出“果口腹”打算。所愿不多，故易满足。既能满足，即趋懒惰。读书人对学问不进步处，对人事是非好坏麻木处，对生活无可不可处，无不是这种人得到满足以后的反应。若不明白近年来中层阶级的不振作，从此可以得到贴近事实的解释。然人能贴近生活，即俨然接近自然，成为生物之一种，从“万物之灵”回到“脊椎动物”，也可谓上帝一种巧妙安排。上帝知道，世人所谓得失哀乐，离我多远！

住小楼上，半夜闻山中狼嗥。在窗口见一星子，光弱而美，如有所顾盼。耳目所接，却俨然比若干被人称为伟人功名巨匠作品留给我的印象，清楚深刻得多。

十七号。

三

得××来信说："从最近文章看来，你近来生活似乎十分消沉，值得同情。"回信告她说："不用同情。"我人并没有衰老，何尝消沉？惟沉默已久，分析一番，也只是人太年青一点必然现象。我正感觉楚人血液给我一种命定的悲剧性。生命中储下的决堤溃防潜力太大太猛，对一切当前存在的"事实"、"纲要"、"设计"、"理想"，都找寻不出一点证据，可证明它是出于这个民族最优秀头脑与真实情感的产物。只看到它完全建筑在少数人的霸道无知和多数人的迁就虚伪上面。政治、哲学、文学、美术，背面都给一个"市侩"人生观在推行。由于外来现象的困缚，与一已信心的固持，我无一时不在战争中，无一时不在抽象与实际的战争中，推挽撑拒，总不休息。沉默正是这战争的发展。古人说，"三十而立，四十而不惑"，我的年龄恰恰在两者之间。一年来战争的结果，感觉生命已得到了稳定，生长了一种信心。相信一切由庸俗腐败小气自私市侩人生观建筑的有形社会和无形观念，都可以用文字作为工具，去摧毁重建。

从"五四"到如今，廿年来由于这个工具的误用与滥用，在士大夫新陈代谢情形中，进步和退化现象，都明明白白看得出。其属于精神堕落处，正由于工具误用，在受过高等教育的公务员中，就不知不觉培养成一种阉宦似的阴性人格，以阿谀作政术，相互竞争。这相互竞争的结果，在个人功名事业为上升，在整个民族向上发展即受妨碍。同时在专家或教育界知识分子中，则造成一种麻木风气。任何人都知道这么拖下去不成，可是任何人还是一事不作，坐以待毙。麻木风气表现于个人性格上，大家都只图在窄小人圈子里独善其身，把所学一切只当成换吃换喝工具，别的毫无意义。这些人生存的意义既只是养家活口，因此凡一切进步理想，都不能引起何等良好作用，只要同他们当前生活略为冲突时，还总不免要想方设法加以抵制。观念的凝固，无形中即助长恶势力的伸张，与投机小人的行险侥幸。我因此感到，工具使用的方式，实在是一件大事，值得庄严谨慎来检校一番。

其次，看看二十年来用文字作工具，使这个民族自信心的生长，有了多少成就。从成就上说，便使我相信，经典的重造，不是不可能的。经典的重造，在体裁上更觉得用小说形式为便利。这种新经典的产生，还待多数从各方面来努力。这努力的起始，是有识者将写作的专利，从少数“职业作家”独占情形下解放，另外从一个更宽广的社会中去发现作家，鼓励作家，培养作家。

又其次是新经典的原则，当从一个崭新观点去建设这个国家有形社会和无形观念。尤其是属于做人的无形观念重要。勇敢与健康，对于更好的“明天”或“未来”人类的崇高理想的向往。为追求理想，牺牲心的激发……更重要点是从生物学新陈代谢自然律上，肯定人生新陈代谢之不可免，由新的理性产生“意志”，且明白种族延续国家存亡全在乎“意志”，并非东方式传统信仰的“命运”。用“意志”代替“命运”，把生命的使用，在这个新观点上变成有计划而能具连续性，是一切新经典的根本。

从“五四”到今年正好二十周年。一个人刚刚成熟的年龄。修正这个运动的弱点，发展这个运动长处，再来个二十年努力，是我们的责任也是我们的权利。两年来的沉默，得到那么一个结论。屈原的愤世，庄周的玩世，现在是不成了。理性在活生生的人事中培养了两千年，应当有了些进步。生命的“意义”，若同样是与愚迷战争，它使用的工具仍离不了文字，这工具的使用方法，值得我们好好的来思索思索。

廿二号。

生命

我好像为什么事情很悲哀，我想起“生命”。

每个活人都像是有一个生命，生命是什么，居多人是不曾想起的，就是“生活”也不常想起。我说的是离开自己生活来检视自己生活这样事情，活人中就很少那么作。因为这么作不是一个哲人，便是一个傻子了。“哲人”不是生物中的人的本性，与生物本性那点兽性离得太远了，数目稀少正见出自然的巧妙与庄严。因为自然需要的是人不离动物，方能传种。虽有苦乐，多由生活小小得失而来，也可望从小小得失得到补偿与调整。一个人若尽向抽象追究，结果纵不至于违反自然，亦不可免疏忽自然，观念将痛苦自己，混乱社会。因为追究生命“意义”时，即不可免与一切习惯秩序冲突。在同样情形下，这个人脑与手能相互为用，或可成为一思想家、艺术家，脑与行为能相互为用，或可成为一革命者。若不能相互为用，引起分裂现象，末了这个人就变成疯子。其实哲人或疯子，在违反生物原则，否认自然秩序上，将脑子向抽象思索，意义完全相同。

我正在发疯。为抽象而发疯。我看到一些符号，一片形，一把线，一种无声的音乐，无文字的诗歌。我看到生命一种最完整的形式，这一切都在抽象中好好存在，在事实前反而消灭。

有什么人能用绿竹作弓矢，射入云空，永不落下？我之想象，犹如长箭，向云空射去，去即不返。长箭所注，在碧蓝而明静之广大虚空。

明智者若善用其明智，即可从此云空中，读示一小文，文中有微叹与沉默，色与香，爱和怨。无著者姓名。无年月。无故事。无……然而内容极柔美。虚空静寂，读者灵魂中如有音乐。虚空明蓝，读者灵魂上却光明净洁。

大门前石板路有一个斜坡，坡上有绿树成行，长干弱枝，翠叶积叠，如翠翣，如羽葆，如旗帜。常有山灵，秀腰白齿，往来其间。遇之者即喑哑。爱能使人喑哑——一种语言歌呼之死亡。“爱与死为邻”。

然抽象的爱，亦可使人超生。爱国也需要生命，生命力充溢者方能爱国。至如阉寺性的人，实无所爱，对国家，貌作热诚，对事，马马虎虎，对人，毫无情感，对理想，异常吓怕。也要妻生子，治学问教书，做官开会，然而精神状态上始终是个阉人。与阉人说此，当然无从了解。

夜梦极可怪。见一淡绿百合花，颈弱而花柔，花身略有斑点青渍，倚立门边微微动摇。在不可知地方好像有极熟习的声音在招呼：

“你看看好，应当有一粒星子在花中。仔细看看。”

于是伸手触之。花微抖，如有所怯。亦复微笑，如有所恃。因轻轻摇触那个花柄，花蒂，花瓣。近花处几片叶子全落了。

如闻叹息，低而分明。

…………

雷雨刚过。醒来后闻远处有狗吠。吠声如豹。半迷糊中卧床上默想，觉得惆怅之至。因百合花在门边动摇，被触时微抖或微笑，事实上均不可能！

起身时因将经过记下，用半浮雕手法，如玉工处理一片玉石，琢刻割磨。完成时犹如一壁炉上小装饰。精美如瓷器，素朴如竹器。

一般人喜用教育身分，来测量这个人道德程度。尤其是有关乎性的道德。事实上这方面的事情，正复难言。有些人我们应当嘲笑的，社会却常常给以尊敬，如阉寺。有些人我们应当赞美的，社会却认为罪恶，如诚实。多数人所表现的观念，照例是与真理相反的。多数人都乐于在一种虚伪中保持安全或自足心境。因此我焚了那个稿件。我并不畏惧社会，我厌恶社会，厌恶伪君子，不想将这个完美诗篇，被伪君子与无性感的女子眼目所污渎。

百合花极静。在意象中尤静。

山谷中应当有白中微带浅蓝色的百合花，弱颈长蒂，无语如语，香清而淡，躯干秀拔。花粉作黄色，小叶如翠珰。

法郎士曾写一《红百合》故事，述爱欲在生命中所占地位，所有形式，以及其细微变化。我想写一《绿百合》，用形式表现意象。

水 云

第一节

青岛的五月，是个稀奇古怪的时节。自二月起从海上吹来的季候风，饱吹了一季，忽然一息后，阳光热力到达了地面，天气即刻暖和起来。山脚树林深处，便开始有啄木鸟的踪迹和黄鸟的鸣声。公园中分区栽种梅花、桃花、玉兰、郁李、棠棣、海棠和樱花，正像约好日子，都一齐开放了花朵。到处各聚集了些游人，穿起初上身的称身春服，携带酒食和糖果，坐在花木下的草地上赏花取乐。就中还有些从南北大都市官场或商场抽空走出，坐了路局的特别列车，来看樱花作短期旅行的，从外表上一望也可明白。这些人为表示当前被自然解放后的从容和快乐，多仰卧在软草地上，用手枕着头，给天上云影压枝繁花弄得发迷，口中还轻轻吹嘘嗯哨，学林中鸣禽唤春。女人多站在草地上和花树前，忙着帮孩子们照相，不受羁勒的孩子们，却在花树间各处乱跑。

就在这种阳春烟景中，我偶然看到一本小书，书上有那么一段话——“地上一切花叶都从阳光挹取生命的芳馥，人在自然秩序中，也只是一种生物，还待从阳光中取得营养和教育。美不能在风光中静止，生命也不能在风光中静止，值得留心！”俨若有会于心，因此常常欢喜孤独伶俜的我，带了几个硬绿苹果，带了两本书，向阳光较多无人注意的海边走去。照习惯我实对准日出方向，沿海岸往东走。夸父追日我却迎赶日头，不担心半道会渴死。我的目的正是让不能静止的生命，从风光中找寻那个不能静止的美。我得寻觅，得发现，得受它的影响或征服，从忘我中重新得到我，证实我。走过了惠泉浴场，走过了炮台，走过了建筑在海湾石岨上俄国什么公爵用黄麻石堆就的堡垒形大房子，一片待开辟的荒地，……一直到太平角凸出海中那个黛色大石堆上，方不再向前进。这个地方前面已是一片碧绿大海，远远可看见多蛇水灵山岛的灰色圆影，和海上船只驶过时在浅紫色天末留下那一缕淡烟。我身背后是一片马尾松林，好像一个一个翠绿扫帚，倒转竖起扫拂天云。矮矮的疏疏的马尾松下，到处有一丛丛淡蓝色和黄白间杂野花正任意开放，花丛里还常常可看到一对对小而伶俐麻褐色野兔，神气天真烂漫，在那里追逐游戏。这地方原有一部分已划作新住宅区，还无一座房子，游人又极稀少，本来应该算是这些小小生物的特别区。所以当它们与陌生人互相发现时，必不免抱有三分好奇，眼珠子骨碌碌的对人望定。望了好一会，似乎从神情间看出了点危险，或猜想到“人”是什么，方憬然惊悟，猛回头于草树间奔窜。逃走时恰恰如一个毛团弹子一样迅速，也如一个弹子那么忽然触着树身而转折，更换一个方向继续奔窜。这聪敏活泼小生物，终于在绿色马尾松和杂花乱草间消失了。我于是好像有点抱歉，来估想它受惊以后跑回窝中的情形。它们照例是用山道间埋在地下的引水陶筒作窝的，因为里面四通八达，合乎传说上的三窟意义。逃进去后，必互相挤得紧紧的，为求安全准备第二次逃奔。（因为有时很可能是被一匹顽皮的小狗所追逐，这小狗却用一种好奇好事心情，徘徊在水道口。）过一会儿心定了些，才小心谨慎从水道口露出那两个毛茸茸的耳朵和光头，听听远近风声，明白天下太平后，才重新出到草丛树根间来游戏。

我坐的地方八尺以外，便是一道陡峻的悬崖，向下直插深入海中，若想自杀，只要稍稍用力向前一跃，就可堕崖而下，掉进海水里喂鱼吃。海水有时平静不波，如一片光滑的玻璃，在阳光下时时刻刻变换颜色。有时又可看到两三丈高的大浪头，戴着绉折的白帽子，排列成行成队，直向岩石下扑撞，结果这浪头即变成一片银白色的水沫，一阵带咸味的雾雨。我一面让和暖阳光烘炙肩背手足，取得生命所需要的热力，一面即用身前这片大海教育我，淘深我的生命。时间长，次数多，天与树与海的形色气味，便静静的溶解到了我绝对单独的灵魂里。我虽寂寞却并不悲伤。因为从默会遐想中，体会到生命中所孕育的智慧和力量。心脏跳跃节奏中，俨然有形式完美韵律清新的诗歌，和调子柔软而充满青春狂想的音乐。

“名誉、金钱，或爱情，什么都没有，那不算什么。我有一颗能为一切现世光影而跳跃的心，就很够了。这颗心不仅能够梦想一切，还可以完全实现它。一切花草既都能从阳光下得到生机，各自于阳春烟景中芳菲一时，我的生命也待发展，待开放，必然有惊人的美丽与芳香！”

我仰卧时那么打量，一起身有另外一种回答出自中心深处。这正是想象碰着边际时所引起的一种回音。回音中杂有一点世故，一点冷嘲，一种受社会长期挫折蹂躏过的记号。

“一个人心情骄傲，性格孤僻，未必就能够作战士！应当时时刻刻记住，得谨慎小心，你到的原是个深海边。身体纵不至于掉进海里去，一颗心若掉到梦想荒唐幻异境界中去，也相当危险，挣扎出时并不容易！”

这点世故对于当时环境中的我当然不需要，因此重新躺下去。俨若表示业已心甘情愿受我选定的生活选定的人事所征服。我正等待这种征服。

“为什么要挣扎？倘若那正是我要到的去处，用不着使力挣扎的。我一定放弃任何抵抗愿望，一直向下沉。不管它是带咸味的海水，还是带苦味的人生，我要沉到底为止。这才像是生命。我需要的就是绝对的皈依，从皈依中见到神。我是个乡下人，走向任何一处照例都带了一把尺，一把秤，和普通社会权量不合。一切临近我命运中的事事物物，我有我自己的尺寸和分量，来证实生命的价值与意义。我用不着你们名叫‘社会’为制定的那个东西。我讨厌一般标准，尤其是伪‘思想家’为扭曲压扁人性而定下的庸俗乡愿标准。这种思想算是什么？不过是少年时男女欲望受压抑，中年时权势欲望受打击，老年时体力活动受限制，因之用这个来弥补自己并向人们复仇的人病态的行为罢了。这种人照例先是显得极端别扭表示深刻，到后又显得极端和平表示纯粹，本身就是一种矛盾。这种人从来就是不健康的，那能够希望有个健康人生观。一般社会把这种人叫作思想家，只因为一般人都不习惯思想，不惯检讨思想家的思想。一般人都乐意用校医室的磅秤称身体和灵魂。更省事是只称一次。”

“好。你不妨试试看，能不能用你自己那个尺和秤，来到这个广大繁复的人间，量度此后人我的关系。”

“你难道不相信吗?”

“人应当自己有自信，不必担心别人不相信。一个人常常因为对自己缺少自信，总要从别人相信中得到证明。政治上纠纠纷纷，以及在这种纠纷中的广大牺牲，使百万人在面前流血，流血的意义，真正说来，也不过就为的是可增加某种少数人自己那点自信！在普通人事关系上，因有人自信不过，又无从用牺牲他人得到证明，所以一失了恋就自杀的。这种人做了一件其蠢无以复加的行为，还以为是追求生命最高的意义，而且得到了它。”

“我是如你所谓灵魂上的骄傲，也要始终保留那点自信的!”

“那自然极好。因为凡真有自信的人，不问他的自信是从官能健康或观念顽固而来，都可望能够赢得他人相信的。不过你要注意，风不常向一定方向吹。我们生命中到处是‘偶然’，生命中还有比理性更具势力的‘情感’，一个人的一生可说即由偶然和情感乘除而来。你虽不迷信命运，新的偶然和情感，可将形成你明天的命运，还决定后天的命运。”

“我自信能得到我所要的，也能拒绝我不要的。”

“这只限于选购牙刷一类小事情。另外一件小事情，就会发现势不可能。至于在人事上，你不能有意得到那个偶然的凑巧，也无从拒绝那个附于情感上的弱点，由偶然凑巧而作成的碰头。”

辩论到这个时候，仿佛自尊心起始受了点损害，躺卧向天那个我，于是沉默了，坐着望海那个我，因此也沉默了。

试看看面前的大海，海水明蓝而静寂，温厚而蕴藉。虽明知中途必有若干岛屿，可作候鸟迁移时的栖息，鸟类一代接续一代而从不把它的位置记错。且一直向前，终可达到一个绿芜照眼的彼岸，有一切活泼自由生命存在。但缺少航海经验的人，是无从用想象去证实的。这也正与一个人的生命相似，未来一切无从由他人经验取证，亦无从由书本取证。再试抬头看看天空云影，并温习另外一时同样天空的云影，我便俨若重新有会于心。因为海上的云彩实在华丽异常。有时五色相渲，千变万化，天空如张开一铺活动锦毯。有时又素净纯洁，天空但见一片明莹绿玉，别无它物。这地方一年中有大半年天空中竟完全是一幅神奇的图画，充满青春的嘘息，煽起人狂想和梦想，看来令人起轻快感，温柔感，音乐感，情欲感。海市蜃楼就在这种天空中显现，它虽不常在人眼底，却永远在人心中。秦皇汉武的事业，同样结束在一个长生不死青春常驻的梦境里，不是毫无道理的。然而这应当是偶然和情感乘除，此外是不是还有点别的什么？

我不羡慕神仙，因为我是个从乡下来的凡人。我偶然厌倦了军队中平板生活，撞入都市，因之便来到一个大学教书。在实生活中我还不曾受过任何女人关心，也不曾怎样关心过别的女人。我在缓缓移动云影下，做了些青年人所能做的梦，我明白我这颗心在情分取予得失上，受得住人的冷淡糟蹋，也载得起从人取来的忘我狂欢。我试从新询问我自己：

“什么人能在我生命中如一条虹，一粒星子，记忆中永远忘不了？世界上应当有那么一个人。”

“怎么这样谦虚得小气？这种人并不止一个，行将就要陆续侵入你的生命中，各自保有一点虽脆弱实顽固的势力。这些人名字都叫做‘偶然’。名字虽有点俗气，但你并不讨厌它，因这它比虹和星还无固定性，还无再现性。它过身，留下一点什么在这个世界上，它消失，当真就消失了。除留在你心上那个痕迹，说不定从此就永远消失了。这消失也不使人悲观，为的是它曾经活在你或他人心上过。凡曾经一度在你心上活过来的，当你的心还能跳跃时，另外那一个人生命也就依然有他本来的光彩，并未消失。那些偶然的颦笑，明亮的眼目，纤秀的手足，有式样的颈肩，谦退的性格，以及常常附于美丽自觉而来的彼此轻微妒嫉，既侵入你的生命，也即反应在你人格中，文字中，并未消失。世界虽如此广大，这个人的心和那个人的心却容易撞触。况且人间到处是偶然。”

“我是不是也能够在另外一个生命中同样保留一种势力?”

“这应当看你的情感。”

“难道我和人对于自己，都不能照一种预定计划去作一点安排?”

“唉，得了。什么叫做计划?你意思是不是说那个理性可以为你决定一件事情，而这事情又恰恰是上帝从不曾交把任何一个人的?你试想想看：能不能决定三点钟以后，从海边回到你那个住处去，半路上会有些什么事情等待你?这些事影响到一年两年后的生活，又可能有多大?若这一点你猜测失败了，那其他的事情，显然就超过你智力和能力以外更远了。这种测验对于你也不是件坏事情，因为可让你明白偶然和情感将来在你生命中的种种势力，说不定还可以增加你一点忧患来临的容忍力，和饮浊含清的适应力——也就是新的道家思想，在某一点某一事上，你得保留一种信天委命的达观，方不至于……”

我于是靠在一株马尾松旁边，一面随手采摘那些杂色不知名野花，一面试去想象下午回住处时半路上可能发生的一切事情。我知道自然会有些事情。

第二节

到下午四点钟左右，我预备回家了。在惠泉浴场潮水退落后的海滩沙地上，看见一把被海水漂成白色和粉红色的小螺蚌，散乱的在地面返漾着珍珠光泽。从螺蚌形色可推测得出这是一个细心人的成绩。我猜想这也许是个小女孩子作的事情，随同家人到海滩上来游玩，用两只小而美丽的手，精心细意把它从砂砾中选出，玩过一阵以后，手中有一点湿汗，怪不受用，又还舍不得抛弃，恰好见家中人在前面休息处从藤提篮里取出苹果，得到理由要把手弄干净一点，就将它塞在随身保姆肥暖暖的掌心里，不再关心这个东西了。保姆把这些螺蚌残骸捏在大手里一会儿，又为另外一个原因，把它随意丢在这里了。因为湿地上一列极长的足印，就中有个是小女孩留下的，我为追踪这个足印，方发现了它。这足印到此为止，随后即斜斜的向可供休息的一个大磐石走去，步法已较宽，可知是跑去的。并且石头上还有些苹果香蕉皮屑。我于是把那些美丽螺蚌一一捡拾到手中，因为这些过去生命，实保留了些别的生命的美丽愿望，活在我当时的想象中，且可能活在我明日的命运中。

再走过去一点，我又追踪另外两个脚迹走去，从形式大小上可看出这是一对青年伴侣留下的。到一个最适宜于看海上风帆的地点，两个脚迹稍深了点，乱了点，似乎曾经停留了一会儿。从男人手杖尖端划在砂上的几条无意义的曲线，和一些三角形与圆圈，和一小个装相片的黄纸盒，推测得出这对年青侣伴，很可能是到了这里，恰好看见海上一片三角形白帆驶过，因为欣赏景致停顿了一会儿，还照了个相。照相的大致是女人，手杖在砂上画的曲线和其他，就代表男子闲适与等待中的厌烦。又可知是一对外来游人，照规矩本地人不会在这个地方照相的。

再走过去一点。近海滩尽头时，我碰到一个趁退潮敲拾牡蛎的穷女孩，竹篮中装了一些牡蛎和一把鲜明照眼的黄花，给我印象特别好。

于是我回转到住处，上楼梯时照样轧轧的响，响声中就可知并无什么意外事发生。从一个同事半开房门间，可看到墙壁上那张有香烟广告的美人画，另外一个同事窗台上，还依然有个鱼肝油空瓶。一切都照样，尤其是楼下厨房中大师傅，在调羹和味时有意将那些碗盏碰撞出的声音，以及那点从楼口上溢的菜蔬扑鼻香味，更增加凡事照常的感觉。我不免对于在海边那个宿命论与不可知论的我，觉得有点相信不过。其时尚未黄昏，住处小院子中十分清寂，远在三里外的海上细浪啮岸声音，也听得很清楚。院子内花坛中一大丛真珠梅，脆弱枝条上繁花如雪。我独自在院中划有方格的水泥道上来回散步，一面走，一面思索些抽象问题，恰恰如歌德传记中说他二十多岁时在一个钟楼上看村景心情，身边手边除了本诗集什么都没有，可是世界俨然为他而存在。用一颗心去为一切光色声音气味而跳跃，比用两条强壮手臂对于一个女人所能作的还更多。可是多多少少却有一点儿难受。好像在有所等待，可不知要来的是什么。

远远的忽然听到一阵女人清朗笑语声，抬头看看，就发现开满攀枝蔷薇短墙外，拉斜下去的山路旁，那一片加拿大的白杨林边，正有个年事极轻身材秀美的女子，穿着件式样称身的黄绸袍子，走过草坪去追赶一个女伴。另外一处却有个“上海人”模样穿旅行装的二号胖子，携带两个孩子，在招呼他们。我心想，怕是什么银行中人来看樱花吧。这些人照例住“第一宾馆”的头等房间。上馆子时必叫“甲鲫鱼”，还要到炮台边去照几个相，一切行为都反应他钱袋的饱满和兴趣的通俗。女的很可能因为从“上海”来的，衣服虽极时髦，头脑却很空洞，除了从电影上追求摹仿女角的头发式样，算是生命中至高的悦乐，此外竟毫无所知。然而这究竟是个美丽生物，那个发育完美的青春肉体，大六月天展览到用碧绿海水作背景的沙滩阳光下时，实在并不使人眼目厌嫌！

过不久，同住的几个专家学者陆续从学校回来了。于是照例开饭，甲乙丙丁戊己庚辛坐满了一桌子。再加上一位陌生女客，一个受过北平高等学校教育上海高等时髦教育的女人。照表面看，这个女人可说是完美无疵，大学教授理想的太太，照言谈看，这个女人并且对于文学艺术竟像是无不当行，若仅仅放在“太太客厅”中，还不免有点委屈，真是兼有了浪子官能上帝与君子灵魂上帝的长处的一种杰作。不凑巧平时吃保肾丸的教授乙，饭后拿了个手卷人物画来欣赏时，这个漂亮女客却特别注意画上的人物数目，反复数了三次。这一来，我就明白女客外表虽很好，精神上还是大观园拿花荷包的人物了。这点发现原本在情理中，实对于我像是种小小嘲弄。因为我这个乡下人总以为一个美观的肉体，应当收容一个透明的灵魂。

到了晚上，我想起“偶然”和“情感”两个名词，不免重新有点不平，好像一个对生命有计划对理性有信心的我，被另外一个宿命论不可知论的我居然战败了，虽战败还不服输，所以总得想方法来证实一下。当时唯一可证实我是能够有理想，照理想活下去的事，即是用手上一支笔写写什么。先是为一个远在南方千里外女孩子写了些信，预备把白天海滩上无意中拾得螺蚌附在信里寄去。因为叙述这些螺蚌的来源，我便将海上光景仔细描绘一番。信写成后，使我不免难过起来，心俨然沉到一种绝望的泥潭里了。因为这种信照例是无下落的。且仿佛写得太真实动人，所以失去了本来意义的。为自救自解计，才另外来写个故事。我以为由我自己把命运安排得十分美丽，若不可能，由手中一支笔来安排一个小小故事，应当不太困难。我想试试看能不能用我这枝笔，在空中建造一个式样新奇的楼阁。于是无中生有，就日中所见、所感、所想象种种，从新拼合写下去。我要创造一种可能在世界上存在并未和我碰头的爱情。我应当承认在写到故事一小部分时，情感即已抬了头。我一直写到天明，还不曾离开桌边，且经过二十三点钟，只吃过三个硬苹果。写到一半时，我方在前面加个题目，《八骏图》。第五天后，故事居然写成功了。第二十七天后，故事便在上海一个刊物上发表了。刊物从上海寄到青岛时，同住几个专家学者，都自以为即故事上甲乙丙丁，觉得被我讥讽了一下，感到愤愤不平。完全不想到我写它的用意，只是在组织一个梦境，至于用来表现“人”在各种限制下所见出的性心理错综情感，我从中抽出式样不同的几种人，用言语、行为、联想、比喻以及其他方式来描写它。八个人用八种不同方式从八个角度来摄取断面影像。这些人照样活一世，或者更平凡猥琐的活一世，并不以为难受，到被别人如此艺术的处理时，看来反而难受，在我当时实觉得大不可解。这故事虽得来些不必要烦琐，且影响到我后来放弃教书的理想，可是一般读者却因故事和题目巧合，表现方法相当新，处理情感相当美，留下个异常新鲜印象，且以为一定真有那么一回事，那么几个人，因此按照当时上海文坛风气，在报纸副刊上为我故事来作索引，就中男男女女都有名有姓。这种索引自然是不可信的。尤其是说到作品中那个女人，完全近于猜谜。这种猜谜既无关宏旨，所以我只用微笑和沉默作为答复。

夏天来了，长住青岛伴同外来避暑的人，大家都向海边跑，终日泡在咸水中取乐。我却留在山上。有一天，独自在学校旁一列梧桐树下散步，太阳光从梧桐大叶空隙间滤过，光影铺在地面上，纵横交错。脚步踏到那些荡漾不定日影时，忽若有所契，有所悟，只觉得生命和一切都交互溶解在这个绿色迷离光影中，不可分别。超过了简文帝说的鱼鸟亲人境界，感觉到我只是自然一部分。这时节，我又照例成为两种对立的人格。

我稍稍有点自骄，有点兴奋，“什么是偶然和情感？我要做的事，就可以做。世界上不可能用任何人力材料建筑的宫殿和城堡，原可以用文字作成功的。有人用文字写人类行为的历史，我要写我自己的心和梦的历史。我试验过了，还要从别人一方面作试验”。

那个回音依然是冷冷的，“这不是最好的例。若用前事作例，倒恰好证明前次说的偶然和情感实决定你这个作品的形式和内容。你偶然遇到几件琐碎事情，在情感兴奋中粘合贯串了这些事情，末了就写成那么一个故事。你再写写看，就知道你单是‘要写’，并不成功了。文字虽能建筑想象宫殿和城堡，可是那个图样却是另外一时的偶然和情感决定的。这其中虽有你，可不完全是你的创造。一个人从无相同的两天生命，因此也就从无两回相同的事情”。

“这是一种诡辩。时间将为证明，我要作什么，必能作什么。”

“别说你‘能’作什么，你不知道，就是你‘要’作什么，难道还不是由偶然和情感乘除来决定？人应当有自信，但不许超越那个限度。而且得分别清楚，自信与偶然或情感是两条河水，一同到海，但分开流到海，并且从发源到终点，永不相混。”

“情感难道不属于我？不由我控制？”

“它属于你，可并不如由知识经验堆积而来的理性，能供你使唤。只能说你属于它。它又属于生理上无固定性的‘性’，性又属于天时阴晴所生的变化，与人事机缘上的那个偶然。总之是外来力量，外来影响。它能使你生命如有光辉，就是它恰恰如一个星体为阳光照及时反映出那点光辉。你能不能知道阳光在地面上产生了多少生命，具有多少不同形式？你能不能知道有多少生命，长得脆弱而美丽，慧敏而善怀，名字应当叫做女人，在什么情形下就使你生命放光，情感发炎？你能不能估计有什么在阳光下生长中的这种脆弱美丽生命，到某一时恰恰会来支配你，成就你，或者毁灭你？这一切你全不知道！”

这似乎太空虚了点，正像一个人在抽象中游泳，这样游来游去，自然不会到达那个理想或事实边际的。如果是海水，还可推测得出本身浮沉和位置。如今只是抽象，一切都超越常识感觉以上。因此我不免有点恐怖起来。我赶忙离开了树下日影，向人群集中处走去，到了熙来攘往的大街上。这一来，两个我照例都消失了。只见陌生人林林总总，在为一切事务而忙。商店和银行，饭馆和理发馆，到处有人的洪流灌注，人与人关系变得复杂到不可思议，然而又异常单纯的一律受“钞票”所控制。到处有人在得失上爱憎，在得失上笑骂，在得失上作伪誓和伪证人。离开了大街，转到市政府和教堂时，就可使人想起这是历史上这种得失竞争的象征。或者或用文字制作庄严堂皇的经典，或用木石造作虽庞大却不雅观的建筑物，共同支撑一部分前人的意见，而照例更支撑了多数后人的衣禄。政治或宗教，二而一，庄严背后都包含了一种私心，无补于过去而有利于当前的……不知如何一来，一切人事在我眼前忽然都变成了漫画，既虚伪，又俗气，而且还将反复继续下去，不知道何时为止，但觉人类一切在进步中，人与人关系实永远停顿在某一点上。人生百年是勤，所得于物虽不少，所得于己实不多。

我俨然就休息到这种对人事的感慨上，虽累还不十分疲倦。

回来时，我想除去那些漫画印象，和不必要的人事感慨，就用碛砂藏中诸经作根据，来把佛经中小故事放大翻新，注入我生命中属于抑压的种种纤细感觉和荒唐想象。我认为人生因追求抽象原则，应超越功利得失和贫富等级，去处理生命与生活。我认为人生至少还容许用文字来重新安排一次。就那么试来用一支笔重作安排，因此又写成一本《月下小景》。

第三节

两年后，《八骏图》和《月下小景》，结束了我教书生活，也结束了我海边单独中那种情绪生活。两年前偶然写成的一个小说，损害了他人的尊严，使我无从和甲乙丙丁专家学者同在一处继续共事下去。偶然拾起的一些螺蚌，连同一个短信，寄到南方某地时，却装饰了一个女孩子的青春生命。那个人把他放在小小保险箱里，带过杭州六合塔边一个学校中，沉默而愉快的度了一个暑期。我幻想已证实了一部分，原来我和这个素朴而沉默的女孩子，相互间在生命中都保留一种势力，无从去掉了。可是也许是偶然，我不过南方却到了北平。

有一天，我走入北京城一个人家的阔大华贵客厅里，猩红丝绒垂地的窗帘，猩红丝绒四丈见方的地毯，把我愣住了。我就在一套猩红丝绒旧式大沙发中间，选定靠近屋角一张沙发坐下来。观看对面高大墙壁上的巨幅字画，莫友芝斗大的分隶屏条，赵扮叔斗大的红桃立轴，事事物物竟像是特意为配合客厅而准备，并且还像是特意为压迫客人而准备。原来这个客厅在十五年前，实接待了中国所有政府要人和大小军阀，因政治上人事上的新陈代谢，成为一个空洞客厅又有了数年。一切都那么壮大，我于是似乎缩得很小了。

来到这地方是替一个亲戚带了份小礼物，应当面把礼物交给女主人的。等了一会儿，女主人不曾出来，从客厅一角却出了个“偶然”。问问才知道是这人家的家庭教师，和青岛托带礼物的亲戚相熟，和我好些朋友都相熟。虽不曾见过我，实读过我作的许多故事。因为那女主人出了门，等等方能回来，所以用电话要她先和我谈谈。我们于是谈青岛的四季，才知道两年前她还到青岛看樱花，以为樱花和别的花都并不比北平的花木好，倒是那个海有意思。曾和几个小孩子在沙滩上拾了许多螺蚌，坐在海潮不及的岩石上看海浪扑打岩石。说不定我得到的那些小蚌壳，就是这一位偶然抛弃的！正当我们谈起海边一切，和那个本来俨然海边主人的麻免时，女主人回来了。我们又谈了些别的事方告辞。偶然给我一个幽雅而脆柔的印象：一张白白的小脸，一堆黑而光柔的头发，一点陌生羞怯的笑。当发后的压发翠花跌落到猩红地毯上，躬身下去寻找时，从净白颈肩间与脆弱腰肢作成的曲度上，我仿佛看到一条素色的虹霓。虹霓失去了彩色，究竟还有什么，我并不知道。总之“偶然”已给我保留一种离奇印象。我却只给了“偶然”一本小书，书上第一篇故事，就是两年前为抵抗偶然而写成的。

一个月以后，我又在一个素朴而美丽的小客厅中，重新见到了“偶然”。她说一点钟前还看过我写的故事，一面说一面微笑。且把一个发光万鉴的头略偏，一双清明无邪眼中带点羞怯之光，想有所探询，可不便启齿。

仿佛有斑鸠唤雨声音，从高墙外远处传来。小庭院一树玉兰正盛开，高摇摇的树枝探出墙头。我们从花鸟上说了些闲话，到后“偶然”方嚅嚅嗫嗫的问我：“你写的可是真事情?”

我说：“什么叫作真？我倒不大明白真和不真在文学上的区别，也不能分辩它在情感上的区别。文学艺术只有美和不美，不能说真和不真，道德的成见，更无从羼杂其间。精卫衔石，杜鹃啼血，情真事不真，并不妨事。你觉得对不对？我的意思自然不是为我故事拙劣要作辩护，只是……”

“我看你写的小说，觉得很美，当真很美。但是，事情怕不真！”

这种大胆惑疑似乎已超过了文学作品的欣赏，所要理解的是作者的人生态度。

我稍稍停了一会儿：“不管是故事还是人生，一切都应当美一些！丑的东西虽不是罪恶，总不能令人愉快。我们活到这个现代社会中，已经被官僚，政客，银行老板和伪君子，理发匠和成衣师傅，种族的自大与无止的贪私，共同弄得到处够丑陋！可是人生应当还有个较理想的标准，至少容许在文学和艺术上创造那个标准。因为不管别的如何，美丽当永远是善的一种形式，文化的向上就是追求善的象征！”

正像是这几句空话说中了“偶然”另外某种嗜好，有会于心，“偶然”轻轻的叹了一口气。“美的有时也令人不愉快！譬如说，一个人刚好订婚，不凑巧又……战争。我觉得这对于读者，也就近乎残忍！”

我为中和那点人我之间的不必要紧张，所以忙带笑说：“是的，我知道了。你看了我写的故事，一定难过起来了。不要难受！我不仅写到订婚又离婚，还写过恋爱就死亡。美丽总使人忧愁，可是还受用。那是我在海上受水云教育产生的一些幻影，并非真有其事。我为的是使人分享我在海上云影阳光中得来的愉快，得来的感应，以及得来的对人生平凡否认和否定的精神，我方写下那个故事。可并不存心虐待读者！”

“偶然”于是笑了。因为心被故事早浸柔软，忽然明白这为古人担忧弱点已给客人发现，自然觉得不大好意思。因此不再说什么，把一双纤而柔的白手拉拉衣角，裹紧了膝头。那天穿的衣服，恰好是件绿地小黄花绸子夹衫，衣角袖口缘了一点紫。也许自己想起这种事，只是不经意的和我那故事巧合。也许又以为客人并不认为这是不经意，且可能已疑心到是成心。“偶然”在应对间不免用较多微笑作为礼貌的装饰，与不安定情绪的盖覆，结果另外又给了我一种印象。我呢，我知道，上次那本小书，给人甘美的忧愁已够多了。我什么都没有给“偶然”。

离开那个素朴小客厅时，我似乎遗失了一点东西。在开满了马樱花和刺槐的长安街大路上，试搜寻每个衣袋，不曾发现失去的是什么。后来转入总统府中南海公园，在柳堤上绕了一个大圈子，看见水中的游移云影，方憬然觉悟，失去的只是三年前独自在青岛大海边向虚空凝眸，作种种辩论时那一点孩子气主张。这点自信主张，若不是遗忘到一堆时间后边，就是前不久不谨慎掉落在那个小客厅中了。

我坐在一株老柳树下休息，想起“偶然”穿的那件夹衫，颜色花朵如何与我故事上景物巧合。当这点秘密被我发现时，“偶然”所表示的那种轻微不安，是种什么分量，我想起向“偶然”说的话，这些话在“偶然”生命中，可能发生的那点意义，又是什么分量，我都清清楚楚，我的心似乎稍稍有点搅乱，跳得不大正常。“美丽总使人忧愁，然而还受用。”

一个小小金甲虫落在我的手背上，捉住了它看看时，只见六只小脚全缩敛到带金属光泽的甲壳上面，从这小虫生命完整处，见出自然的巧慧，和生命形式的多方。手轻轻一扬，金甲虫即振翅飞起，消失到广阔的湖面莲叶间去了。我同样保留了一点印象在记忆里。我的心尚空阔得很，为的是过去曾经装过各式各样的梦，把梦腾挪开时，还装得上许多事事物物。然而我想这一个泛神倾向用之与自然对面，很可给我对现世光色声味有更多理解机会，若用之于和人事对面，或不免即成为我一种被征服的弱点。尤其是在当前的情形下，决不能容许这个弱点抬头。

因此有意从“偶然”给我的印象中，搜寻出一些属于生活习惯上的缺点，用作保护我性情上的弱点。

生活在一种不易想象的社会中，日子过得充满脂粉气，这脂粉气既成为生活一部门，积久也就会成为生命中不可少的一分。爱好装饰处，原只重在增加对人的效果，毫无自发的较深远的理想。性情上的温雅，和文学爱好，也可说是足为装饰之一种。但脂粉气邻于庸俗，知识也不免邻于虚伪。一切不外乎时髦，然而时髦得多浅多俗气……

我于是觉得安全了，倘若没有在别的时间下发生的事情，我应当说实在是十分安全的。因为我所体会到的“偶然”生活情性上的缺点，一直都还保护着我，任何情形下尚有作用。不过保护得我更周到的，还是另外一种事实，即幸福的婚姻，或幸福婚姻的幻影，我正准备去接受它，证实它。这也可说是种偶然，由于两三年前在海上拾来那点泛白闪光螺蚌，无意中寄到南方时所得到的结果。然而关于这件事，我却认为是意志和理性作成的。恰恰如我一切用笔写成的故事，内容虽近于传奇，从我个人看来，却产生完成于一种人为计划中。

第四节

时间流过去了，带来了梅花，丁香，芍药，和辛夷，玉兰，一切北方色香悦人的花朵，在冰冻渐渐融解风光中逐次开放。另外一种温柔的幻影，则已成为实际生活。我结了婚，一个小小院落中一株槐树和一株枣树，遮蔽了半个长而狭的院子。从细碎树叶间筛下细碎的日影，铺在方砖地上，映照在明净纸窗间，无不给我对于生命或生活一种新的启示。更重要的是一个由异常陌生到完全熟习的人，在日常生活中形成的一种新的习惯，新的适应。当前一切似乎都安排对了，只是还像尚未把一些过去账目完全结清，我心想：

“我要的，已经得到了。名誉，金钱和爱情，全都到了我的身边。我从社会和别人证实了存在的意义。可是不成。我还有另外一种幻想，即从个人工作上证实个人希望所能达到的传奇。我准备创造一点纯粹的诗，与生活不相粘附的诗。情感上积压下来的东西，家庭生活并不能完全中和它，消蚀它。我需要一点传奇，一种出于不巧的痛苦经验，一分从我‘过去’负责所必然发生的悲剧。换言之，即爱情生活并不能调整我的生命，还要用一种温柔的笔调来写各式各样爱情，写那种和我目前生活完全相反，然而与我过去情感又十分相近的牧歌，方可望使生命得到平衡。这种平衡，正是新的家庭所不可少的！”

因此每天大清早，就在院落中一个红木八条腿小小方桌上，放下一叠白纸，一面让细碎阳光晒在纸上，一面也将我某种受压抑的梦写在纸上。故事上的人物，一面从一年前在青岛崂山北九水旁所见的一个乡村女子，取得生活的必然，一面就用身边黑脸长眉新妇作范本，取得性格上的素朴良善式样。一切充满了善，充满了完美高尚的希望，然而到处是不凑巧。既然是不凑巧，因之素朴的良善与单纯的希望终难免产生悲剧。故事中浸透了五月中的斜风细雨，以及那点六月中夏雨欲来时闷人的热，和闷热中的静与寂寞。这一切其所以能转移到纸上，依然可说全是从两年间海上阳光得来的能力。这一来，我的过去痛苦的挣扎，受压抑无可安排的乡下人对于爱情的憧憬，在这个不幸故事上，方得到了完全排泄与弥补。主妇噙着眼泪读下去，从故事发展中也依稀照见一点自己影子。

一面写，一面总仿佛有个生活上陌生，情感上相当熟习的声音，在轻轻的招呼我：

“××，这算什么？你这是在逃避一种命定。其实一切努力全是枉然。你的一支笔虽能把你带向‘过去’，不过是用故事抒情作诗罢了。真正在等待你的却是‘未来’。你敢不敢向更深处想一想，笔下如此温柔的原因？你敢不敢仔仔细细认识一下你自己，是不是个能够在小小得失悲欢传奇故事上满足的人？你敢不敢想你这是在打量逃避一种命定……”

“我用不着作这种分析和追究！我目前的生活很幸福，这就够了。”

“你以为你很幸福，为的是你尊重过去，你以为当前生活是照过去理性或计划安排成功的。但你何尝真正能够在自足中得到幸福？或用他人缺点保护，或用自己的幸福幻影保护，二而一，都可作为你害怕‘偶然’侵入生命中时所能发生的变故。因为‘偶然’能破坏你幸福的幻影。你怕事实，所以自觉宜于用笔捕捉抽象。”

“我怕事实？什么事实使我害怕？杀人放火我看厌了，临到生活中一分我就从不害怕！”

“是的，你害怕明天的事实。你比谁都胆小。或者你厌恶一切影响你目前生活的事实，因之极力想法贴近过去，有时并且不能不贴近那个抽象的过去。”

我好像被说中了，无从继续申辩。我希望从别的事情上找寻找寻我那点业已失去的自信。我支持自信的观念，没有得到，却得到许多容易破碎的古陶旧瓷。由于耐心和爱好换来的经验，使我从一些盘盘碗碗形体和花纹上，认识了这些艺术品的性格和美术上特点，都恰恰如一个老浪子来自各样女人关系上所得的知识一般。久而久之，对于清代瓷器的盘碗，我几几乎闭目用手指去摸抚它底足边缘的曲度，就可判断出作品的时代了。我且预备在这类无商业价值有美术价值的瓷器中，收集到两三千件时，来写一本小书，讨论讨论清瓷中串枝莲青花发展的格式。然而这种新的嗜好，只能增加我耳边另外一种声音的调讽，是很显明的。

"××，你打量用这些容易破碎的东西，稳定平衡你奔放的生命，到头还是无结果的。这消磨不了你三十年从寂寞中孕育的幻想堆积。你只有一件事情可作，即从一种更直接有效的方式上，发现你自己，也发现人。什么地方有些年青温柔的心在等待你，收容你的幻想，这个你明明白白。为的是你谨慎怕事，你于是名字叫作好人。"

只因为这些声音似乎从各方面传来，试去搜寻在我生活上经过的人事时，才发现原来这个那个"偶然"都好像在支配我。因此从新在所有偶然给我的印象下，找出每个偶然的缺点，保护到我自己的弱点。

我的新书《边城》是出了版。这本小书在读者间得到些赞美，在朋友间还得到些极难得的鼓励。可是没有一个人知道我是在什么感情下写成这个作品，也不大明白我写它的意义。即以极细心朋友刘西渭先生的批评说来，就完全得不到我如何用这个故事填补过去生命中一点哀乐的原因。正惟其如此，这个作品在个人抽象感觉上，我却得到一种近乎严厉而讽刺的责备。

“这是一个胆子小而知足且善逃避现实者最大的成就。将热情注入故事中，使他人得到满足，而自己得到安全，并从一种友谊的回声证实生命的意义。可是生命真正意义是什么？是节制还是奔放？是矜持还是疯狂？是一个故事还是一堆人事？……”

“这不是我要回答的问题，他人也不能强迫我答复。”

不过这件事在我生命中究竟已经成为一个问题。庭院中枣子成熟时，眼看到缀系在细碎枝叶间被太阳晒得透红的小小果实，心中不免有一丝儿对时序迁移的悲伤。一切生命都有个秋天，来到我身边首先却是那个“秋天的感觉”。这种感觉可使一个浪子缩手皈心，也可使一个君子胡涂堕落，为的是衰落感或刺激了他，或恼怒了他。

天气渐渐冷了，我已不能再在院中阳光下写什么。且似乎也并无什么故事可写了。心手两闲的结果，使我起始堕入故事里乡下女孩子那种纷乱情感中。我需要什么？不大明白，又正像不敢去认真思索明白。总之情感在生命中已抬了头。这比我真正去接近某个“偶然”时还觉得害怕。因为他虽不至于损害人，事实上却必然破坏我——我的工作理想和一点自信心，都将为此而毁去。最不妥当处是我还有些预定的计划，这些事与我习惯性情虽不甚相合，对我家庭生活却近于必需。弱点对我若抬了头，让一群偶然听其自由浸入我生命中，各自占据一个位置，就什么都完事了。当时若能写个长篇小说，照《边城》题记中所说，写崩溃了的乡村一切，来消耗它，归纳它，调整它，转移它，也许此后可以去掉许多麻烦困难。但这种题目和当时心境可不相合。我只重新逃避到字帖赏玩中去。我想把写字当成一种工作，这工作俨然如一束草，一片破碎的船板，用它为我在人事纠纷中下沉时有所准备。我要和生命中那种无固定的性能力继续挣扎。尽可能去努力转移自己到一种无碍于人我的生活方式上去。

不过我虽能将生命逃避到艺术中，可无从离开那个生活环境。环境里到处是年青生命，即到处是偶然，而且有些还出奇的勇敢。也许有些是相互逃避于某种问题上，有些又相互逃避到礼貌中，更有些说不定还近于挹彼注此，……因之各人都可得到种安全感。可是这对于我，自然是不相宜的。我的需要在压抑中，更容易见出它的不自然处。在文字运用中，一支笔见出透明和灵秀处，在人事应对中，却相当拙呆，且若于拙呆上给偶然一个容易俘掳的印象。岁暮年末时，因之偶然中较老实的某一个，重新有机会给了我一种更离奇的印象。依然那么脆弱而羞怯，用少量言语多量微笑或纯粹沉默来装饰我们的晤面。其时向日的阳光虽然稀薄，寒气冻结了空气。可是房中炉火照例极其温暖，火炉边柔和灯光下，是容易生长一切的，尤其是那个名为“情感”或“爱情”的东西。可是防止附于这个名词的纠纷性和是非性，我们却把它叫作“友谊”。总之，偶然之一和我友谊越来越不同了。一年余以来努力的趋避，在十分钟内即证明等于精力白费。偶然的缺点依旧尚保留在我印象中，而且更加确定，然而这些缺点的印象，却不能保护我什么了。

我于是重新进入到一个激烈战争里，即理性和情感的取舍。但是事极显明，其中那个理性的我终于败北了。当我第一次向“偶然”作一种败北以后的说明时，一定使“偶然”惊喜交集，且不知如何来应付这种新的发展。因为这件事若出于另一偶然，则或者已有相当准备，恐不过是“我早知如此”轻轻的回答，接着也不过是由此必然而来的一些取和予。然而这事情却临到一个无经验无准备的“偶然”手中。在她的年龄和生活上，实都无从处理这个难题，更毫无准备应付这种问题技术的。因此当她感觉到我的命运仿佛在她那双小小白手中时，一时虽惊喜交并，终于不免茫然失措，不知是放下好还是握紧好。

我呢，实在说来，俨然只是在用人教育我。我知道这恰是我生命的两面，用之于编排故事，见出被压抑热情的美丽处，用之于处理人事，即不免见出性情上的劣点，不特苦恼自己，同时也困惑人。我当真好像业已放弃了一切可由常识来应付的种种，一任自己沉陷到一种情感漩涡里去。十年后温习到这种“过去”时，恰恰像在读一本属于病理学的书籍，这本书名实应当题作：

《情感发炎及其治疗》

作者近乎一个疯子，同时又是一个诗人。书中毫无故事，惟有近乎抽象的一堆印象拼合。到小客厅中红梅白梅全已谢落时，偶然的微笑已成为苦笑。因为明白这事得有个终结，就装作为了友谊的完美，和个人理想的证实，带着一点儿好景不常的悲伤，一种出于勉强的充满痛苦的笑，好像很谦虚的说，“我得到的已够多了”，就借故走到别一地方去了。走时的神气，和事前心情上的纷乱，竟与她在某一时写的一个故事完全相同，不同处只是所要去的方向而已。

至于家中那一个呢……

我于是重新得到了用笔的机会。可是我不再写什么传奇故事了。因为生活本身就是一种动人的传奇。我读过一大堆书，再无什么故事比我情感上的哀乐得失经验更加离奇动人。我读过许多故事，好些故事到末后，都结束于“死亡”和一个“走”字上，我却估想这不是我这个故事应有的结局。

第二个偶然因之在我生命里用另外一种形式存在。我用另外一种心情读过了另外一本书。这本书正如出自一个极端谨慎的作者，中间从无一个不端重的句子，从无一段使他人读来受刺激的描写，而且从无离奇的变故与难解纠纷。然而却真是一种传奇。为的是在这故事背后保留了一切故事所必需的回目。书中每一章每一节都是不必要的对话，与前一个故事微笑继续沉默完全相反。故事中无休止的对话与独白，却为的是若一沉默即会将故事组织完全破坏而起。从独白中更可见出这个偶然生命取予的形式。因为预防，相互都明白一沉默即将思索，一思索即将究寻名词，一究寻名词即可能将“友谊”和“爱情”分别其意义。这一来，情形即必然立刻发生变化，不窘人的亦将不免自窘。因此这故事就由对话起始，由独白暂时结束。书中人物俨然是在一种战争中维持了十年友谊，形式上都得到了胜利，事实上也可说都完全败北，因为都明白装饰过去青春的生命，本容许有一点妩媚和爱娇，以及少许有节制的疯狂，目下说来或不甚合理，在十年八年时间中，却将醇化成为一种温柔的记念。但在这个故事中，却用对话或独白代替了。这是一本纯洁故事，可是也是一本使人读来惆怅的故事。

第三个偶然浸入我生命中时，起初即给我一点启示，是上海成衣匠和理发匠等等，在一个年青肉体上所表现的优美技巧。这种技巧在当时是得到许多人赞叹的。我却以为只合给第二等人增加一点风情上的效果，对于偶然实不必要。因此我在极其谨慎情形中，为除去了这些人为的技巧，看出自然所给予一个年青肉体完美处和精细处。最奇异的是这里并没有情欲。竟可说毫无情欲，只有艺术。我所处的地位，完全是一个艺术鉴赏家的地位。我理会的只是一种生命的形式，以及一种自然道德的形式，没有冲突，超越得失，我从一个人的肉体上认识了神。且即此为止，除了在《看虹录》一个短短故事上作小小叙述，我并不曾用任何其它方式破坏这种神的印象。正可说是一本完全图画的传奇，色彩单纯而温雅，线条明净而高贵，就中且无一个文字。唯其如此，这个传奇也庄严到使我无从用普通文字来叙述。唯一可重现人我这种崇高美丽情感，应当是第一等音乐。但是这之间一个轻微的叹息，一种目光莹然如湿的凝注，一点混合爱与怨的谦退，或感谢与皈依的轻微接近，一点象征道德极致的白，一种表示惊讶倾倒的呆，音乐到此亦不免完全失去了意义。这个传奇是结束于偶然回返到上海去作时装表演为止的。若说故事离奇而华美，比我记忆中世界上任何作品还温雅动人多了。

第四个是……说及时，或许会使一些人因妒嫉而疯狂，不提它也好。

我真近于在用人教育我，陆续读了些人类荒唐艳丽传奇。这点因缘大多数却由我先前所写的一堆故事而来的。正好像在故事上我留给人的印象是诚实而细心，且奇特的能辨别人生理解人心，更知道情感上庄严和粗俗的细微分量，不至于错用或滥用，这些偶然为证明这些长处的是否真实，稍稍带点好奇来发现我，我因之能翻阅这些奇书的。

不过这一切自然用的是我从乡下来随身带来的尺和秤作度量。若由一般社会所习惯的权衡来度量我的弱点和我的坦白，则我存在的意义，存在的价值，早已完全失去了。我也许在偶然中还翻阅了些不应道及的篇章，留下些不大宜于重述的印象，然而我知道，这对于“偶然”，是大都以能够将灵魂展览于我这个精细读者面前，为无疚于心，到二十年后生命失去青春光泽时，且会觉得未将那个比灵魂更具体一些的东西在我面前展览为失计的。

正因为弱点和坦白共同在性格或人格上表现，如此单纯而显明，使我在婚姻上便见出了奇迹。在连续而来的挫折中，作主妇的情感经验，比《边城》中的翠翠困难复杂多了。然而始终能保留那个幸福的幻影，而且还从生活其他方式上去证实，这种事由别人看来，将为不可解，恰恰如我为这个问题写个短篇所描写到的情形。或出于一种伟大容忍，或出于一种明知原谅，当两人在熟人面前被人称为“佳偶”时，就用微笑表示“也像冤家”的意思，又或从熟人神气间被目为“冤家”时，仍用微笑表示“实是佳偶”的意思。由主妇自己说来，这情形也极自然。我的行为端谨和想象放荡恰恰形成生命的两极。只因为理解到“长处”和“弱点”原是生命使用方式上的不同，情形必然就会如此。

第五节

再过了四年，战争把世界地图和人类历史全改变了过来。同时从极小处，也重造了人与人的关系，以及这个人在那个人心上的位置。

一些偶然又继续在我生命中保存了一点势力。但今昔情形已稍稍不同。

一个聪明善怀的女孩子，年纪大了点时，到了二十五岁以后，不问已婚未婚，或婚后家庭生活幸或不幸，自然都乐意得到一些朋友的信任，更乐意从一两个体己朋友得来一点有分际的关心，混合忧郁和热忱所表示的轻微烦乱，用作当前剩余青春的点缀，以及明日青春消逝温习的凭证。如果过去一时，对某一朋友保留过些美好印象，印象的重现，使人在新的取予上，都不能不变更一种方式，见出在某些情形上的宽容为必然，在某些情形上的禁忌为不必要。无形中会放弃了过去一时那点警惧心和防卫心。因此一来虹和星都若在望中，我俨若可以任意伸手摘取。可是一切既在时间有了变化，我也免不了受一分影响，我所注意摘取的，应当说却是自己生命追求抽象原则的一种形式。我可说常在一种精细而稳重与盲目而任性的交替中，过了许多离奇日子，得到许多离奇经验。我只希望如何来保留这种有传染性的热忱到文字中，对于爱情或友谊本身，已不至于如何惊心动魄来接近它了。我懂得人多了一些，懂得自己也多了些。在偶然之一过去所以自处的“安全”方式上，我发现了节制的美丽。在另外一个偶然目前所以自见的“忘我”方式上，我又发现了忠诚的美丽。在三个偶然所希望于未来“谨慎”方式上，我还发现了谦退中包含勇气与明智的美丽。在第四……由于生命取舍的多方，因之我不免有点“老去方知读书少”的知觉。我还需要学习，从更多陌生的书以及少数熟习的人，好好学习点“人生”。

因此一来，“我”就重新又成为一个毫无意义的字言，因为很快即完全消失到一切偶然的颦笑中，和这类颦笑权衡取舍中了。

失去了“我”后却认识了“人”，体会到“神”，以及人心的曲折，神性的单纯。墙壁上一方黄色阳光，庭院里一点草，蓝天中一粒星子，人人都有机会看见的事事物物，多用平常感情去接近它，对于我，却因为常常和某一个偶然某一时的生命同时嵌入我印象中，它们的光辉和色泽，就都若有了神性，成为一种神迹了。不仅这些与偶然同时浸入我生命中的东西，各有其神性，即对于一切自然景物的素朴，到我单独默会它们本身的存在和宇宙彼此生命微妙关系时，也无一不感觉到生命的庄严。花木为防卫侵犯生长的小刺，为诱惑关心而具有的甜香，我似乎都因此领悟到它的因果。一种由生物的美与爱有所启示，在沉静中生长的宗教情绪，无可归纳，因之一部分生命，就完全消失在对于一些自然的皈依中。这种由复杂转简单的情感，很可能是一切生物在生命和谐时所同具的，且必然是比较高级文化所不能少的，人若保有这种情感时，即可产生伟大的宗教，或一切形式精美而情感深致的艺术品。对于我呢，我实在什么也不写，亦不说。我的一切官能都在一种崭新教育中，经验了些极纤细微妙的感觉。

我不惧怕事实，却需要逃避抽象，因为事实只是一团纠纷，而抽象却为排列得极有秩序的无可奈何苦闷。于是用这种“从深处认识”的情感来写战事，因之产生《长河》，产生《芸庐纪事》，两个作品到后终于被扣留无从出版，不是偶然事件。因为从当前普遍社会要求说来，对战事描写，是不必要如此向人性深处掘发的。其实我那时最宜写的是忠忠实实记述那些偶然行为如何形成一种抽象意象的过程。若能够用文字好好保留下来，毫无可疑，将是一个有光辉的笔录。

我住在一个乡下，因为某种工作，得常常离开了一切人，单独从个宽约八里的广大田坪通过。若跟随引水道曲折走去，可见到长年活鲜鲜的潺湲流水中，有无数小鱼小虾，随流追逐，悠然自得，各尽其性命之理。水流处多生长一簇簇野生慈姑，三箭形叶片虽比田中培育的较小，开的小白花却很有生气。花朵如水仙，白瓣黄蕊连缀成一小串，抽苔从中心挺起。路旁尚有一丛丛刺蓟属野草，开放出翠蓝色小花，比毋忘我草颜色形体尚清雅脱俗，使人眼目明爽，如对无云碧空，花谢后还结成无数小小刺球果子，便于借重野兽和家犬携带繁殖到另一处。若从其他几条较小路上走去，蚕豆麦田沟坎中，照例到处生长浅紫色樱草，花朵细碎而妩媚，还涂上许多白粉。采摘来时不过半小时即已枯萎，正因为生命如此美丽而脆弱，更令人感觉生物中求生存与繁殖的神性。在那两面铺满彩色绚丽花朵细小的田塍上，且随时可看到成对成双躯体异常清洁的鹡鸰，羽毛黑白分明，见人时微带惊诧，一面飞起下面摇颤着小小长尾，在豆麦田中一起一伏，充满了生命自得的快乐。还有那个顶戴大绒冠的戴胜鸟，已过了蹲扰人家茅屋顶上呼朋唤侣的求爱期，披负一身杂毛，睁着一对小眼睛骨碌碌的对人痴看，直到人来近身时，方匆促展翅飞去。本地秧田照习惯不作他用，除三月时种秧，此外长年都浸在一片浅水里。另外几方小田种上慈姑莲藕的，也常是一片水。不问晴雨田中照例有两三只缩肩秃尾白鹭鸶，神情清癯而寂寞，在泥沼中有所等待，有所寻觅。又有种鸥形水鸟，在水田中走动时，肩背羽毛全是一片美丽桃灰色，光滑而带丝绸光泽，有时数百成群在明朗阳光中翻飞游戏，因翅翼下各有一片白，便如一阵光明的星点，在蓝空下动荡。小村子有一道长流水穿过，水面人家土墙边，都用带刺木香花作篱笆，带雨含露成簇成串香味郁馥的小白花，常低垂到人头上，得用手撩拨，方能通过。树下小河沟中，常有小孩子捉鳅拾蚌，或精赤身子相互浇水取乐。村子中老妇人坐在满是土蜂窠的向阳土墙边取暖，屋角隅听到有人用大石杵缓缓的捣米声。将这些景物人事相对照，恰成一希奇动人景象。过小村落后又是一片平田，菜花开时，眼中一片明黄，鼻底一片温馨。土路并不十分宽绰，驮麦粉的小马，和驮烧酒的小马，与迎面来人擦身而过时，赶马押运货物的，远远的在马后喊“让马”，从不在马前拢马以让人，因此人必照规矩下到田里去，等待马走过时再上路。菜花一片黄的平田中，还可见到整齐成行的细枝葫麻，竟像是完全用为装饰田亩，一行一行栽在中间。在瘦小而脆弱的本端，开放一朵朵翠蓝色小花，花头略略向下低垂，张着小嘴如铃兰样子，风姿娟秀而明媚，在阳光下如同向小蜂小虫微笑招手，“来吻我，这里有蜜！”

耳目所及都若有神迹存乎其间，且从这一切都可发现有“偶然”友谊的笑语和爱情芬芳。这在另一方面说来，人事上彼此之间自然也就生长了些看不见的轻微的妒嫉，无端的忧虑，有意的间隔，和那种无边无岸累人而又闷人的白日梦。尤其是一点眼泪，来自爱怨交缚的一方，一点传说，来自得失未明的一方，就在这种人与人，偶然与偶然的取舍分际上，我似乎重新接受了一种人生教育。韩非子说，矢来有向，作铁函以当之，言有所防卫也。在我问题上的种种，矢来有向或矢来无向，我却一例听之直中所欲中心上某点，不逃避，不掩护。我活在一种极端复杂矛盾情形中，然而到用自己那个权量来测检时，却感觉生命实单纯而庄严。尤其是从某个偶然的在眩目景象中离开，走到平静自然下见到一切时，生命的庄严处有时竟全然如一个极诚虔的教士。谁也想象不到我生命是在一种什么形式下燃烧，即以这个那个偶然而言，所知道的似乎也就只是一些片段；不完全的一体。

我写了无数篇章，叙述这种感觉或印象，结果却不曾留下。正因为在各种试验下都证明它无从用充满历史霉斑的文字保存，或只合保存在生命中。且即同一回事，在人我生命中，意义上亦将完全不同。

我这点只用自己尺寸度量人事得失的方式，不可免要反应到对偶然的缺点辨别上。这种细微感觉，在普通人我关系间，决体会不到，在比较特殊的一种情形下时，便自然会发生变化。这恰恰如甲状腺在清水中，分量即或极稀少，依然可以测出。在这个问题上，我明白我泛神的思想，即会损害到这个或那个“偶然”的幽微感觉，是种什么情形。我明知语言行为都无补于事实，便用沉默应付了一些困难，尤其是应付一个偶然轻微的妒嫉，以及伴同那个人类弱点而来的一点怨艾，一点责难，一点不必要的设计。我全当作不知道。我自觉已尽了一个朋友所能尽的力，来在友谊上用最纤细感觉接受纤细反应。对于偶然，我永远是诚实的，专一的。然而专一略转而成为偶然一种责任感时，这个偶然便不免要感到轻微恐惧和烦乱。而且在诚实外还那么谨慎小心，从不曾将“乡下人”实证生命的方式，派给一个城中有教养的朋友。一切有分际的限制，即所以保护到人我情感上和生活上的安全。然而问题也许就正在此：“你口口声声说是一个乡下人，从不用乡下人的坦白来说明友谊，却装作一个绅士，拘谨到令人以为是世故，矜持到近乎虚伪。然而在另外一个人面前，我却猜想得出，你可能又会完全如一个乡下人。”

我就用沉默将这种询问所应有的回声，逼回到那个“偶然”耳中去，使她从自己回音中听出“对于你，我不愿用轻微损害取得快乐，对于人，我不能作丝毫计较保护安全。这是热情的两种形式，只为的你们原是两种人，两种爱，两种取和予”。于是这个“偶然”走去了。我还必需继续沉默下去，虽然在沉默中，无从将我为保护她的那点好意弄明白。

其次是正在把生活上缺点从习惯中扩大的“偶然”，当这种缺点反应在我感觉上时，她一面即意识到在过去一时某些稍稍过分行为中，失去了些骄傲，无从收回，一面即经验到必需从另外一种信托上，方能收回那点自尊心。或换一个生活方式，始可望产生一点自信心。因为热情原本也是一种教育，既能使人疯狂糊涂，也能使人明澈深思。热情使我对于“偶然”感到惊讶，无物不“神”，却使“偶然”明白自己只是一个“人”，乐意从人的生活上实现个人的理想与个人的梦。到“偶然”思索及一个人的应得种种名分与事实时，当然就有了痛苦。因为发觉自己所得到，虽近于生命中极纯粹的诗，然而个人所期待所需要的，还只是一种较复杂又较具体生活。纯粹的诗虽华美而又有光辉，能作一个女孩子青春的装饰，然而并不能够稳定生命，满足生命。再经过一些时间的澄滤，“偶然”便得到如下的结论：“若想在他人生命中保有‘神’的势力，即得牺牲自己一切‘人’的理想。若希望证实人的理想，即必需放弃当前惟神方能得到的一切。”热情能给人兴奋，也给人一种无可形容的疲倦。尤其是在“纯粹的诗”和“活鲜鲜的人”愿望取舍上，更加累人。“偶然”就如数年前一样，用着无可奈何的微笑，掩盖到心中小小受伤处，离开了我，临走时一句话不说，我却从她沉默中，听到了一种无言申诉：

“我想去想来，终究是个人，并非神，所以我走了。若以为这是我一点私心，这种猜测也不算错误。因为我还有我做一个人的平庸希望。并且我明白离开你后，在你生命中保有个什么印象。若尽那么下去，不说别的，即这种印象在习惯方式上逐渐毁灭，对于我也受不了。若不走，留到这里算什么？在时间交替中，我能得到些什么？我不能尽用诗歌生存下去，恰恰如你说的一个人不能用好空气和好风景活下去一样。我本是个并不十分聪明的女人，不比那个聪敏绝顶的××，这也许正是使我把一首抒情诗当作散文去诵读的真正原因。我当真得走了。我的行为并不求你原谅，因为给予的和得到的已够多。不需用这种泛泛名辞来表示了。说真话，这一走，结论对于你也不十分坏；你有一个幸福完美的家庭，……有一个——应当说有许多的‘偶然’，各在你过去生活中保留一些动人印象。你得到所能得到的，也给予所能给予的，尤其是在给予一切后，你生命反而更丰富更充实的存在！”

于是“偶然”留下一排插在发上的玉簪花，摇摇头，轻轻的开了门，当真就走去了。其时天上落了点微雨，雨后有断虹如杵，悬垂天际。

我并不如一般故事上所说的身心崩毁，反而变得非常沉静。因为失去了“偶然”，我即得回了理性，我试向虹悬处方向走去，到了一个小小山顶上。过一会儿，残虹消失到虚空里去了，而剩余一片在变化明灭中的云影。那条素色的虹霓，若干年来在我心上的形式，重新明明朗朗在我眼前现出。我不由得不为“人”的弱点，和对于这种弱点挣扎的努力，以及重得自由的不习惯，感到痛苦和悲怆。

“偶然，你们全走了，很好，或为了你们的自觉，或为了你们的自负，又或不过只是为了生活上的必然。既以为一走即可得到一种解放，一些新生的机缘，且可从另外人事关系，收回过去一时在我面前损失的尊严和骄傲，尤其是生命的平衡感和安全感的获得，在你们为必需时，不拘用什么方式走出我生命以外，我觉得都是不可免的。可是时间带走了一切，也带走了生命中光辉的青春，和附于青春间存在的羞怯的笑，优雅的礼貌，微带矜持的应对，有弹性极敏感的情分取予，以及属于官能方面的完整形式，华美色泽，和无比芳香。消失的即完全消失到不可知的‘过去’里了。然而却有一个朋友，能在印象中好好保留它，能在文字中好好重现它……你如想寻觅失去的生命，是只有从这两方面得到，此外别无方法。你也许以为离开了我，即可望得到‘明天’，但不知生命中真正失去了我时，失去了‘昨天’，活下来对于你是种多大的损失！”

第六节

自从几个“偶然”离开了我后，云南我只有云可看了。黄昏薄暮时节，天上照例有一抹黑云，那种黑而秀的光景，不免使我想起过去海上的白帆和草地上的黄花，想起种种虹彩和淡色星光，想起灯光下的沉默继续沉默，想起墙上慢慢的移动那一方斜阳，想起瓦沟中的绿苔和细雨微风中轻轻摇头的狗尾草……想起一堆希望和一点疯狂，终于如何于刹那间又变成一片蓝色的火焰，一撮白灰。这一切如何教育我，认识生命最离奇的遇合，与最高尚的意义。

当前在云影中恰恰如过去在海岸边，我获得了我精神上的单独，那个失去了十年的理性，完全回到我身边来了。

“你这个对政治无信仰对生命极关心的乡下人，来到城市中用人教育我，所得经验已经差不多了。你比十年前稳定得多也进步得多了。正好准备你的事业，即用一支笔，来好好的保留最后一个浪漫派在二十世纪生命挥霍的形式，也结束了这个时代这种情感发炎的症候。你知道你的长处，即如何好好的善用长处，成功在等待你，嘲笑也在等待你，但这两件事对于你都无多大关系。你只要想到你要处理的也是一种历史，属于受时代带走行将消灭的一种人我关系的情绪历史，你就不至于迟疑了。”

“成功与幸福，不是伟人的目的，就是俗人的期望，这与我全不相干。值得歌颂的是青春，以及象征青春的狂热，寄托狂热的脆弱中见神性的笑语与沉思，真正等待我的只有死亡，在死亡未临以前，我也许还可以作点小事，即保留这些‘偶然’势力各以不同方式陆续浸入一个乡下人生命中所具有的冲突与和谐程序。我还得在‘神’之解体的时代，重新给神作一种光明赞颂。在充满古典庄雅的诗歌失去价值和意义时，来谨谨慎慎写最后一首抒情诗。我的妄想在生活中就见得与社会倾向隔阂，在写作上自然更容易与社会需要脱节。不过我还年青！世故虽能给我安全和幸福，一时还似乎不必来到我身边。我已承认你十年前的意见，即将一切交给偶然和情感为得计，我好像还要受另外一种‘偶然’所控制，接近她时，我能从她的微笑和皱眉中发现神，离开她时，又能从一切自然形式色香中发现她。这也许正因为如你所说，我是个对一切无信仰的人，却只信仰‘生命’。这应当是我一生的弱点。但想想附于这个弱点下的坦白与诚实，以及对于人性幽微感觉理解的深至，以及表现这一切文字如何在我手中各得其所各尽所能，我知道，你是第一个就首先对于我这个弱点加以宽容了。我还需要回到海边去，回到‘过去’那个海边。至于偶然呢，我知道她们需要的倒应当是一个‘抽象’的海边。两个海边景物的明丽处相差不多，不同处其一或是一颗孤独的心的归宿上，其一却是热情与梦结合而为一，使偶然由神变人的家。其一是用孤独心情为自己去找寻那些蚌壳，由蚌壳产生想象，其一是带了几个孩子去为孩子找寻那些原来式样的蚌壳，让孩子们把这些小小蚌壳和稚弱情感连接起来。……”

“唉，我的浮士德，你说得很美，或许也说得很对。你还年青，至少当你某一时，被某种黯黄黄灯光所诱惑时，就显得相当年青。我还相信这个广大的世界，尚有许多形体、颜色、声音、气味，都可以刺激你过去灵敏的感觉，使你变得真正十分年青。不过这是不中用的，因为时代过去了。在前一时代，能激你发狂引你入梦的生物，都在时间漂洗中消失了匀称和丰腴，典雅与清芬。能教育你的正是从过去时代培养成功的各式典型。时间在成毁一切，从这种新陈代谢中，凡属于你同一时代中的生物，因为脆弱，都行将消灭了。代替而来的将是在无计划无选择随同海上时髦和政治需要繁殖的一种简单范本。新的时代在进展中，不拘如何总之在进展，你是个不必要的人物。你的心即或强健而韧性，也只合为过去跳跃，不宜于用在当前景象上了。你需要休息休息了，因为在这问题上徘徊实在太累。你还有许多事情可作，纵不乐成也得守常，有些责任，即与他人或人类相关的责任。你读过一本题名《情感发炎及其治疗》的奇书，还值得写成这样一本书，且不说别的，即你这种文字的格式，这种处理感觉和联想方法，也行将成为过去，和当前体例不合了！当前是全个人类的命运都交给'伟人'与'宿命'的古怪时代，是个爵士音乐流行的时代，是个美丑换题时代，是个用简单空洞口号支配一切的时代，思想家不是袖手缄口，就是在为伟人贡谀，替宿命辩护。你不济事了！"

"是不是说我当真已经老了？"

没有得到任何回答。

天气冷了些，我一个人坐在桌前，清油灯加了个灯头，两个灯头燃起两朵青色小小火焰，好像还不大亮。灯火还是不大稳定，正如一张怯弱发抖的嘴唇，代替过去生命吻在桌前一张白纸。十年前写《边城》时，从槐树和枣树枝叶间滤过的阳光，如何照在白纸上，恍惚如在目前。灯光照及油瓶，茶杯，书籍，桌面遗留的一小滴清油时，曲度相当处都微微返着一点青光。我心上也依稀返着一点光影，映照过去，又像是为过去所照澈。

我应当在这一张白纸上写点什么？一个月来因为写“人”，已第三回被人责难，证明我对于人事的寻思，文字体例显然当真已与时代不大相合。因此试向“时间”追求，就见到那个过去。然而有些事，温习起来已多少有点不同了。

“时间带走了一切，天上的，或人间的，或失去了颜色，或改变了式样，即或你还自以为有许多事，好好保留在心上，可是，那个时间在你不大注意时，却把你的一颗能感受善跳跃的心变硬了，变钝了，变得连你自己也不大认识自己了。时间在改造一切，重造一切。太空星宿的运行，地面昆虫的触角，你和人，同样都会在时间下慢慢失去了固有位置和形体，真正如诗人所说：‘美不能在风光中静止。’人生究竟可悯！这就是人生！”

“若能温习过去，变硬了的心也会柔软的！到处地方都有个秋风吹上人心的时候，有个灯光不大亮时候，有个想从‘过去’伸手，若有所攀援，希望因此得到一点助力，似乎方能够生活得下去时候。我或那些偶然，难道不需要向过去伸手……”

“这就更加可悯！因为印象温习，会追究到生活之为物，不过是一种连续的负心。过去的分量若太重，心子是载不住它的，凡事无不说明忘掉比记住好。在过去当前印象和事实取舍上，也正是一种战争。你曾经战争过来，你还得继续战争。”

是的，这的确也是一种战争。我始终对桌前那两个小小火焰望着，灯头不知何时开了花，“在火焰中开放的花，油尽灯熄时，才会谢落的”。

“你比拟得好。可是人不能在美丽比喻中生活下去。热情本来并不是象征，虽抽象，也具体，它燃烧了自己生命时，即可能燃烧别人的生命。到这种情形下，只有一件事可作，即听它燃烧，从燃烧中将有更新生命产生（或为一个孩子，或为一个作品）。那个更新生命方足象征热情。人若思索到这一点，为这一点而痛苦，痛苦到超过忍受能力时，自然就会用手剔剔你所谓要在油尽灯熄时方谢落的灯花，这么一来，灯花就被剔落了。多少女人即如此战胜了自己的弱点，虽若在谦退中救出了自己，也正可见出爱情上的坚贞。因为不是件容易事，虽损失够多，作成功后还将感谢上帝赐给她的那点勇气和决心！至于男子呢，照例是把弱点当成最小的儿子，最长的女儿，特别偏爱。”

“不过，也许在另外一时，还应当感谢上帝，给了另外一些人的弱点，即凭灯光引带他向过去那个弱点。因为在这种弱点上，一切生命即重新得到意义。”

“既然自承是弱点，你自己到某一时，为了安全，省事，或又为了别的理由，也会把灯花剔落的！”

我当真就把灯花剔落了。可是重新添了两个灯头，灯光立刻亮了许多。我要试试看，能否有四朵灯花，在这深夜中偶然同时开放。

灯油慢慢的燃尽时，我手足都如结了冰，还没有离开桌边。灯光却渐渐微弱，还可以照我认识走向过去，并辨识路上所有和所遭遇的一切。情感重新抬了头，我当真变得好像很年青了。不过我知道，这只是那个“过去”发炎的反应，不久就会平复的。

屋角风声渐大时，我担心院中那株在小阳春十月中开放的杏花，会被冷风冻坏。“我关心的是一株杏花，还是几个人？是几个在过去生命中发生影响的人，还是另外更多数未来的生存方式?”等待回答，没有回答。

灯光熄灭时，我的心反而明亮了起来。

一切都沉默了，远处有风吹掠树枝声音轻而柔，仿佛有所询问：“××，你写的可是真事情?”

我答非所问：“美不能在风光中静止。”

三十五年五月

昆明重校

三十六年八月二十八校正

绿 魇

一 绿

我躺在一个小小山地上，四围是草木蒙茸枝叶交错的绿荫，强烈阳光从枝叶间滤过，洒在我手上和身前一片带白色的枯草间。松树和柏树作成一朵朵墨绿色，在十丈远近河堤边排成长长的行列。同一方向距离稍近些，枝柯疏朗的柿子树，正挂着无数玩具一样明黄照眼的果实。在左边，更远一些公路上，和较近人家屋后，尤加利树摇摇的树身，向天直矗，狭长叶片扬条鱼一般在微风中泛闪银光。近身园地中那个石榴树丛，每丛相去丈许各自在阳光下立定，叶子细碎绿中还夹杂些鲜黄，阳光照及各处都若纯粹透明。仙人掌的堆积物，在园坎边一直向前延展，若不受小河限制，俨然即可延展到天际，肥大叶片绿得异常哑静，对于阳光竟若特有情感，吸收极多，生命力因之亦异常饱满。最动人的还是身后高地那一片待收获下的高粱，枝叶在阳光雨露中已由青泛黄，各顶着一丛丛紫色颗粒，在微风中特有萧瑟感。同时也可从成熟状态中看出这一年来人的劳力与希望结合的庄严。从松柏树的行列罅隙间，还可看到远处浅淡的绿原，和那些刚由闪光锄头翻过褐色的田亩，相互交错，以及镶在这个背景中的村落，村落尽头那一线银色湖光。在我手脚可及处，却可从银白光泽的狗尾草细长枯干和黄茸茸杂草间，发现各式各样绿得等级完全不同的小草。

我努力想来捉捕这个绿芜照眼的光景，和在这个清洁明朗空气相衬，从平田间传来的锄地声，从村落中传来的舂米声，从山坡下一角传来的连枷扑击声，从空中传来的虫鸟搏翅声；以及由于这些声音共同形成的特殊静境，手中一支笔，竟若丝毫无可为力。只觉得这一片绿色，一组声音，一点无可形容的气味，综合所作成的境界，使我视听诸官觉沉浸到这个境界中后，已转成单纯到不可思议。企图用充满历史霉斑的文字来写它时，竟是完全的徒劳。

地方对于我虽并不完全陌生，可是这个时节耳目所接触，却是个比梦境更荒唐的实在。

强烈的午后阳光，在云上、在树上、在草上、在每个山头黑石和黄土上，在一枚爬着的飞动的虫蚁触角和小脚上，在我手足颈肩上，都恰像一双温暖的大手，到处给以同样充满温情的抚摩。但想到这只手却是从千万里外向所有生命伸来的时候，想象便若消失在天地边际，使我觉得生命在阳光下，已完全失去了旧有意义了。

其时松树顶梢有白云驰逐，正若自然无目的游戏。阳光返照中，天上云影聚拢复散开，那些大小不等云彩的阴影，便若匆匆忙忙的如奔如赴从那些刚过割期不久的远近田地上一一掠过，引起我一点新的注意。我方从那些灰白色残余禾株间，发现了银绿色点子。原来十天半月前，庄稼人趁收割时嵌在禾株间的每一粒蚕豆种子，在润湿泥土与暖和阳光中，已普遍从薄而韧的壳层里，解放了生命，茁起了小小芽梗，有些下种较早的，且已变成绿芜一片。小溪上这里那里到处有白色蜉蝣蚊蠓，在阳光下旋成一个柱子，队形忽上忽下，表示对于暂短生命的悦乐。阳光下还有些红黑对照色彩鲜明的瓢虫，各自从枯草间找寻可攀高的白草，本意俨若就只是玩玩，到了尽头时，便常常从草端从容堕下，毫不在意，使人对于这个小小生命所具有的完整性，感到无限惊奇。忽然间，有个细腰大头黑蚂蚁，爬上了我的手背仿佛有所搜索，随后便停顿在中指关节间，偏着个头，缓慢舞动两个小小触须，好像带点怀疑神气，向阳光提出询问：

“这是个什么东西？有什么用处？”

我于是试在这个纸上，开始写出我的回答：

古怪东西名叫手爪，和这个动物的生存发展大有关系。最先它和猴子不同处，就是这东西除攀树走路以外，偶然发现了些别的用途。其次是服从那个名叫脑子的妄想，试作种种活动，把石头敲成武器，用木头磨擦生火，因此这类动物中慢慢的就有了文化和文明，以及代表文化文明的一切事事物物。这一处动物和那一处动物，既生存在气候不同物产不同迷信不同环境中，脑子的妄想以及由于妄想所产生的一切，发展当然就不大一致，到两方面失去平衡时，因此就有了战争。战争的意义，简单一点说来，便是这类动物的手爪，暂时各自返回原始的用途，用它来撕碎身边真实或假想的仇敌，并用若干年来手爪和脑子相结合产生的精巧工具，在一种多少有点疯狂恐怖情绪中，毁灭那个妄想与勤劳的堆积物，以及一部分年青生命。必需重新得到平衡后，这个手爪方有机会重新转用到有意义方面去。那就是说生命的本来，除战争外有助于人类高尚情操的种种发展。战争的好处，凡是这类动物都异常清楚，我向你可说的也许是另外一件事，是因动物所住区域和皮肤色泽产生的成见，与各种历史上的荒谬迷信，可能会因之而消失，代替来的虽无从完全合理，总希望可能比较合理。正因为战争像是永远去不掉的一种活动，所以这些动物中具妄想天赋也常常阿谀势力号称“哲人”的，还有对于你们中群的组织，加以特别赞美，认为这个动物的明日，会从你们组织中取法，来作一切法规和社会设计的。关于这一点你也许不会相信。可是凡是属于这个动物的问题，照例有许多事，他们自己也就不会相信！他们的心和手结合为一形成的知识，已能够驾驭物质，征服自然，用来测量在太空中飞转星球的重量，好像都十分有把握，可始终就不大能够处理名为“情感”这个名词，以及属于这个名词所产生的种种悲剧。大至于人类大规模的屠杀，小至于个人家庭纠纠纷纷，一切“哲人”和这个问题碰头时，理性的光辉都不免失去，乐意转而将它交给“伟人”或“宿命”来处理。这也就是这个动物无可奈何处。到现在为止，我们还缺少一种哲人，有勇气敢将这个问题放到脑子中向深处追究。也有人无章次的梦想，对伟人宿命所能成就的事功怀疑，可惜使用的工具却已太旧，因之名为“诗人”，同时还有个更相宜的名称，就是“疯子”。

那只蚂蚁似乎并未完全相信我的种种胡说，重新在我手指间慢慢爬行，忽若有所悟，又若深怕触犯忌讳，急匆匆的向枯草间奔去，即刻消失了。它行为使我想起十多年前一个同船上路的大学生，当我把脑子想到的一小部分事情向他道及时，他那种带着谨慎怕事惶恐逃走的神情，正若向我表示："一个人思索太荒谬不近人情。我是个规矩公民，要的是分可靠工作，有了它我可以养家活口。我的理想只是无事时玩玩牌，说点笑话，买个储蓄奖券。这世界一切都是假的，相信不得，尤其关于人类向上书呆子的理想。我只见到这种理想和那分理想冲突时的纠纷混乱，把我做公民的信仰动摇，把我找出路的计划妨碍。我在大学读过四年书，所得的好结论，就是绝对不做书呆子，也不受任何好书本影响！"快二十年了，这个公民微带嘶哑充满自信的声音，还在我耳际萦回。这个朋友和许多知分定的知识阶级一样，这时节说不定已作了委员厅长主任。在世界上也活得好像很尊严，很幸福。一双灰色斑鸠从头上飞过，消失到我身后斜坡上那片高粱林中去了，我于是继续写下去，试来询问我自己：

我这个手爪，这时节有些什么用处？将来还能够作些什么用处？是顺水浮船，放乎江潭？是哺糟啜醨，拖拖混混？是打拱作揖，找寻出路？是卜课拈卦，遣有涯生？

自然是无结论可得。一片绿色早把我征服了。我的心这个时节就毫无用处，没有取予，缺少爱憎，失去应有的意义。在阳光变化中，我竟有点怀疑，我比其他绿色生物，究竟是否还有什么不同处。很显明，即有点分别，也不会比那生着桃灰色翅膀，颈臂上围条花带子的斑鸠，与树木区别还来得大。我仿佛触着了生命的本体。在阳光下包围于我身边的绿色，也正可用来象征人生。虽同一是个绿色，却有各种层次。绿与绿的重叠，分量比例略微不同时，便产生各式差异。这片绿色既在阳光下不断流动，因此恰如一个伟大乐曲的章节，在时间交替下进行，比乐律更精微处，是它所产生的效果，并不引起人对于生命的痛苦与悦乐，也不表现出人生的绝望和希望，它有的只是一种境界，在这个境界中时，似乎人与自然完全趋于谐和，在谐和中又若还具有一分突出自然的明悟。必需稍次一个等级，才能和音乐所扇起的情绪相邻，再次一个等级，才能和诗歌所传递的感觉相邻。然而这个层次的降落原只是一种比拟，因为阳光转斜时，空气已更加温柔，那片绿原中渐渐染上一层薄薄灰雾，远处山头有由绿色变成黄色的，也有由淡紫色变成深蓝色的。正若一个人从壮年移渡到中年，由中年复转成老年，先是鬓毛微斑，随即满头如雪，生命虽日趋衰老，一时可不曾见出齿牙摇落的日暮景象，其时生命中杂念与妄想，为岁月漂洗而去尽，一种清净纯粹之气，却形于眉宇神情间。人到这个状况下时，自然比诗歌和音乐更见得素朴而完整。

我需要一点欲念，因为欲念若与那个社会限制发生冲突，将使我因此而痛苦。我需要一点狂妄，因为若扩大它的作用，即可使我从这个现实光景中感到孤单，不拘痛苦或孤单，都可将我重新带进这个乱糟糟的人间，让固执的爱与热烈的恨，抽象或具体的交替来折磨我这颗心，于是我会从这个绿色次第与变化中，发现象征生命所表现的种种意志。如何形成一个小小花蕊，创造出一根刺，以及那个在微风摇荡凭借草木银白色茸毛飞扬旅行的种子，成熟时自然轻轻爆裂弹出种子的豆荚，这里那里还无不可发现一切有生为生存与繁殖所具有的不同德性。这种种德性，又无不本源于一种坚强而韧性的试验，在长时期挫折与选择中方能形成。我将大声叫嚷："这不成！这不成！我们人类的意志是个什么形式？在长期试验中有了些什么变化？它存在，究在何处？它消失，究竟为什么而消失？一个民族或一种阶级，它的逐渐堕落，是不是纯由宿命，一到某种情形下即无可挽救？会不会只是偶然事实，还可能用一种观念一种态度而将它重造？我们是不是还需要些人，将这个民族的自尊心和自信心，用一些新的抽象原则，重建起来？对于自然美的热烈赞诵，传统世故的极端轻蔑，是否即可从更年青一代见出新的希望？"

不知为什么，我的眼睛却被这个离奇想象弄得迷蒙潮润了。

我的心，从这个绿荫四合所作成的奇迹中，和斑鸠一样，向绿荫边际飞去，消失在黄昏来临以前一片灰白雾气中，不见了。

> ……一切生命无不出自绿色，无不取给于绿色，最终亦无不被绿色所困惑。头上一片光明的蔚蓝，若无助于解脱时，试从黑处去搜寻，或者还会有些不同的景象；一点淡绿色的磷光，照及范围极小的区域，一点单纯的人性，在得失哀乐间形成奇异的式样。由于它的复杂或单纯，将证明生命于绿色以外，依然能存在，能发展。

二　黑

同样是强烈阳光中，长大院坪里正晒了一堆堆黑色的高粱，几只白母鸡在旁边啄食。一切寂静，院子一端草垛后的侧屋中，有木工的斧斤削砍声，和低沉人语声，更增加这个乡村大宅的静境。

当我第一次用“城里人”身分，进到这个乡户人家广阔院中，站在高粱堆垛间，为迎面长廊承尘梁柱间的繁复眩目金漆彩绘呆住时，引路的马夫，便在院中用他那个为烟草所毁发沙带哑的嗓子嚷叫起来：

“二奶奶，二奶奶，有人来看你房子！”

那几只白母鸡起始带点惊惶神气，奔窜到长廊上去。二奶奶于是从大院左侧断续斧斤声中厢屋走了出来。六十岁左右，一身的穿戴，一切都是三十年前老辈式样，额间玄青缎勒正中镶上一片绿玉，耳边两个玉镶大金镮，阔边的袖口和衣襟，脸上手上象征勤劳的色泽和粗线条皱纹，端正的鼻梁，微带忧郁的温和眼神，以及从相貌中即可发现一颗厚道单纯的心，我心想：

“房子好，环境好，更难得的也许还是这个主人，一个本世纪行将消失，前一世纪的正直农民范本。”

我稍微有点担心，即这房子未必有希望来由我处分。可是一分钟后，我就明白这点忧虑为不必要了。

于是照一般习惯，我开始随同这个肩背微偻的老太太，各处慢慢走去。从那个充满繁复雕饰涂金绘彩的长廊，走进靠右的院落。在门廊间小小停顿时，我不由得不带着诚实赞美口气说：“老太太，你这房子真好！木材多整齐，工夫多讲究！”

正像这种赞美是必然的，二奶奶便带着客气的微笑，指点第一间空房给我看，一面说："不好，不好，好那样！城里好房子多也多！"

我们在雕花扇槅间，在镂空贴金拼嵌福寿字样的过道窗口下，在厅子里，在楼梯边，在一切分量沉重式样古拙朱漆烂然的家具旁，在连两院低如船厅的长方形客厅中，在宽阔楼梯上，在后楼套房小小窗口那一缕阳光前，在供神木座一堆黝黑放光的铜像左右，到处都停顿了一会儿。这其间，或是二奶奶听我对于这个房子所作的颂扬，或是我听二奶奶对于这个房子种种说明。最后终于从靠右一个院落走出，回到前面大院子中，在那个六方边沿满是浮雕故事的青石水缸旁站定，一面看木工拼合寿材，一面讨论房子问题。

"先生看可好？好就搬来住！楼上、楼下，你要的我就打扫出来。那边院子归我作主，这边归三房，都好商量。可要带朋友来看看？"

"老太太，房子太好了。不用再带我那些朋友看也成。我们这时节就说好，不许翻悔。后楼连佛堂算六间，前楼三间，楼下长厅子算两间。全都归我。下月初我们一定会搬来。老太太你可不能翻悔，又另外答应别人，这是不成的！"

"好啰，好啰，就是那么说，只管来好了。我们不是城里那些租房子的。乡下人心直口直，说一是一，你放心就是。”

走出了这个人家大门，预备上马回到小县城里去看看时，已不见原来那匹马和马夫，门前路坎边，有个乡下公务员模样的中年人，正把一匹小小枣骝马系在那一株高大仙人掌树干上。当真的，一匹马系在一丈五六高的仙人掌树干上。那树上还正开放酒杯大黄花！景象自然也是我这个城里人少见的。转过河堤前时，才看到马和马夫共同在那道小河边饮水。

这房子第一回给我的印象，竟简直像做个荒唐的梦。那个寂静的院落，那青石作成的雕花大水缸，那些充满东方人幻想将巧思织在对称图案上的金漆槅扇，那些大小笨重的家具，尤其是后楼那几间小套房，房间小小的，窗口小小的，下午三点左右一缕阳光斜斜从窗口流进，由暗朱色桌面逼回，徘徊在那些或黑或灰庞大的瓶罂间，所形成的那种特别空气，那种希有情调，说陌生可并不吓怕，虽不吓怕可依然不易习惯，真使人不大相信是一个房间，这房间且宜于普通人住下！可是事实上，再过三五天，这些房间便将有大部分归我随意处分，我和几个朋友，就会用这些房间来作家了！

在马上时，我就试把这些房间一一分配朋友：画画的宜在楼下那个长厅中，虽比较低矮，可相当宽阔光亮。弄音乐的宜住后楼，虽然光线不足，有的是僻静，人我两不相妨，至于那个特殊情调，对于习乐的心理也许还更相宜。前楼那几间单纯光亮房子，自然就归给我了，因为由窗口望出去，远山近树的绿色，对于我的工作当有帮助：早晚由窗口射进来的阳光，对于孩子们健康实真需要。正当我猜想到房东生活时，那个肩背微低的马夫，像明白我的问题所在，便插口说：

“先生，可看中那房子？这是我们县里顶好一所房。不多不少，一共作了十二年，椽子柱子亏老爹下山一根一根找来！你试留心看看，那些窗格子雕的菜蔬瓜果，蛤蟆和兔子，样子全不同，是一个木匠主事，用他的斧头凿子作成功的！还有那些大门和门闩，扣门锁门定打的大铁老鸹拌，那些承柱子的雕花石鼓，那些搬不出房门的大木床，那一样不是我们县里第一！往年老当家的在世时，看过房子的人翘起大拇指说：‘老爹，呈贡县唯有你这栋房子顶顶好！’老爹就笑起来说：‘好那样，你说得好。’其实老爹累了十二年，造成这栋大房子，最快乐的事，就是人说这句话，他有空儿回答这句话。相貌活像个土地公公见人就笑。修路搭桥，一生做了多少好事！在老房子住时，看坎上有匹白马，长得好膘头，看了八年，才把地买来，动工一挖，原来是四水缸白银元宝，先生你算算值多少！可是老爹为人脾气怪，房子好了不让小伙子住，说免得耗折福分。房子造好后好些房间都空着，老爹就又在那个房子里找木匠做寿木，自己监工，四个木匠整整做了一年，油漆了几十次，阴宅好后，他自己也就死了。新二房大爹接手当家，爱热闹要大家迁进来住，谁知年青小伙子又另有想头，读书的，做事的，有了新媳妇儿的，都乐意在省上租房子住。到老的讨了个小太太后，和二奶奶合不来，老的自己也就搬回老房子，不再在新房子里住，所以如今就只二奶奶守房子，好大栋房子，拿来收庄稼当仓屋用！省下有人来看房子时，二奶奶高高兴兴带人楼上楼下打圈子，听人说房子好时，一定和那老爹一样，会说'好那样'。二奶奶人好心好，今年快近七十了。大爹嘎，别的学不到，只把过世老爹没有的古怪脾气接过了手，家里人大小全都合不来。这几天听说二奶奶正请了可乐村的木匠做寿材，两副大四合寿木，要好几千中央票子！老夫老妇在生合不来，死后可还得埋在一个坑里去。……家里如今已不大成。老当家在时，有十二个号口，十二个大管事来来去去都坐软兜轿子，不肯骑马。老爹过去后减成三个号口。民国十二年，土匪看中了这房子，来住了几天，挑去了两担首饰银器，十几担现银元宝，十几担烟土。省里队伍来清乡，打走土匪后，说是这房子窝藏过土匪，又把剩下的东东西西扫括搬走。这一来一往，家里也就差不多了，如今想发旺，恐怕要看小的一代去了。……先生，你可当真要预备来疏散？房子清爽好住，不会有鬼的！”

从饶舌的马夫口里，无意中得到了许多关于这个房子的历史传说，恰恰补足了我所要知道的一切。

我觉得什么都好，最难得的还是和这个房子有密切关系的老主人，完全贴近土地的素朴的心，素朴的人生观，不提别的，单就将近半个世纪生存于这个单纯背景中所有的哀乐式样，就简直是一个宝藏，一本值得用三百五十页篇幅来写出的动人故事！我心想，这个房子，因为一种新的变动，会有个新的未来，房东主人在这个未来中，将是一个最动人的角色。

一个月后，我看过的一些房间，就已如我所估想的住下了人，此外在其他房间中，也住了些别的人。大房子忽然热闹了起来。四五个灶房都升了火，廊下到处牵上了晒衣裳的绳子，在强烈阳光下，各式各样衣物被单如彩色旗帜飘动。小孩子已发现了几个花钵中的蓓蕾，二奶奶也发现了小孩子在悄悄的掐折花朵，人类机心似乎亦已起始在二奶奶衰老生命，和几个天真无邪孩子间，有了些微影响，后楼几个房间和那两个佛堂，更完全景象一新，一种稀有的清洁，一种年青女人代表青春欢乐的空气。佛堂既作了客厅，且作了工作室，因此壁上的大小乐器，以及这些乐器转入手中时伴同年青歌喉所作成的嘈杂，自然无一不使屋主人感到新的变化。

过不久，这个后楼佛堂的客厅中，就有了大学教授和大学生，成为谦虚而随事服务的客人。起始陪同年青女孩子作饭后散步，带了点心食物上后山去野餐，还常常到三里外长松林间去玩赏白鹭群。不过故事发展虽慢，结束得却突然。有一回，一个女孩赞美白鹭时，本意以为这些俊美生物与田野景致相映成趣。习社会学的大学教授，却充满男性的勇敢，向女孩子表示，若有枝猎枪，就可把松树顶上这些白鹭一只一只打下来。这一来白鹭并未打下，倒把结婚希望打落，于是留下个笑话，仿佛失恋似的走了。大学生呢，读《红楼梦》十分熟习，欢喜背诵点旧诗，可惜几个女孩却不大欣赏这种多情才调。二奶奶依然每天早晚洗过手后，就到佛堂前来敬香，点燃香，作个揖，在北斗七星灯盏中加些油，笑笑的走开了。遇到女孩子们在玩乐器时，间或也用手试摸摸那些能发不同音响的筝笛琵琶，好像对于一个陌生孩子的慈爱。也坐下来喝杯茶，听听这些古怪乐器在灵巧手指间发出的新奇声音。这一切虽十分新奇，对于她内部的生命，却并无丝毫影响，对于她日常生活，也无何等影响。

随后楼下年青画家，也留下些传说于几个年青女孩子口中，独自往滇西大雪山下工作去了。住处便换了一对艺术家夫妇，和一个有天才称誉的小女孩子。壁上悬挂了些中画和西画，床前供奉了观音和耶稣，房中常有檀香山洋琵琶弹出的热情歌曲，间或还夹杂点充满中国情调新式家庭的小小拌嘴，正因为这两种生活交互替换，所以二奶奶即或从窗边走过，也决不能想象得出这一家有些什么问题发生。去了一个女仆，又换来一个女仆，这之间自然不可免还有了些小事情，影响到一家人的意识形态。先生为人极谦虚有礼，太太为人极爱美好客，想不到两种好处放在一处反多周章。小女孩在这种家庭空气中，性情发展得也就不大正常，应当知道的不知道，不知道的偏知道。且不明白如何一来，当家的大爹，忽然又起了回家兴趣。回来时就坐在厅子中，一面随地吐痰，一面打鸡骂狗。以为这个家原是他的产业，不许放鸡到处屙屎，妨碍卫生。艺术家夫妇恰好就养了几只鸡，不大能体会大爹脾气，也不大讲究卫生，因之主客之间不免冲突起来。于是有一个时节，这个院子便可听到很热烈的辩论争吵声。大爹一面吵骂不许鸡随便拉屎，一面依然把黄痰向各处远远唾去，那些鸡就不分彼此的来竞争啄食。后楼客厅中，又来了个全国闻名的女客人，为人有道德，能文章，二十年前写出的作品，温暖美好的文字，装饰的情感，无不可放在第一流作家中间。更难得的是未结婚前，决不在文章中或生活上涉及恋爱问题，结了婚后推己及人，却极乐意在婚姻上成人之美。家中有个极好的床铺，常常借给新婚夫妇使用。虔诚的信仰基督教，生平不说谎，不过在写文章时，间或用用男人名义，男人口气，自然无伤大雅。平时对于中国文学美术并不怎么有兴趣，却乐意请千古艺术家和艺术鉴赏家来作客，同作畅谈，可不知谈些什么。这个知名客人来了又走了，而且走得辉辉煌煌。正当找寻交通工具极端困难，许多人无从上路时，那个柔软宽大床铺也居然为公家的汽车运往新都，另有新的用途去了。二奶奶还给人介绍认识过。这些目前或俗或雅或美或丑的事件，对她可毫无影响。依然每早上打扫打扫院子，推推磨石，扛个小小鸦咀锄下田，晚饭时便坐在屋侧檐下石臼边，听乡下人说说本地米粮新闻。

随后是军队来了，楼下大厅正房作了团长的办公室和寝室，房中装了电话，门前有了卫兵，全房子都被兵士打扫得干干净净。屋前林子里且停了近百辆灰色的机器脚踏车，村子里屋角墙边，到处有装甲炮车搁下。这些部队不久且即开拔进了缅甸，再不久，就有了失利消息传来，且知道那几个高级长官，大都死亡了。住在这个房子里的华侨中的中学生，因随军入缅，也有好些死亡了。住在楼下某个人家，带了三个孩子返广西，半路上翻车，两个孩子摔死的消息也来了。二奶奶虽照例分享了同住人得到这些不幸消息时一点惊异与惋惜，且为此变化谈起这个那个，提出些近于琐事的回忆，可是还依然在平静中送走每一个日子。

美术家夫妇走后，楼下厅子换了个商人，在滇缅公路上往返发了点财。每个月得吃几千块纸烟的太太，业已为生育了四个孩子，到生育第五个时，因失血过多，便在医院死去了。住在隔院一个卸任县长，家中四岁大女孩，又因积食死去。住在外院侧屋一个卖陶器的，不甘寂寞，在公路上抢劫别人，业已经捉去证明处决。三分死亡影响到这个大院子：商人想要赶快续婚，带了一群孤雏搬走了。卸任县长事母极孝，恐老太太思念殇女成病，也迁走了。卖陶器的剩下的寡妇幼儿，在一种无从设想的情形下，抛弃了那几担破破烂烂的瓶罐，忽然也离开了。于是房子又换了一批新的寄居者，一个后方勤务部的办事处，和一些家属。过不到一月，办事处即迁走，留下那些家眷不动。几乎像是演戏一样，这些家眷中，就听到了有新作孤儿寡妇的，原来保山局势紧张时，有些守仓库的匆促中毁去汽油不少，一到追究责任时，黠诈的见机逃亡，忠厚的就不免受军事处分。这些孤儿寡妇过不久自然又走了，向不可知一个地方过日子去了。

习音乐的一群年青孩子，随同机关迁过四川去了。

后来又迁来一群监修飞机场的工程师，几位太太，一群孩子，一种新的空气亦随之而来。卖陶器的住处换了一家卖糖的，用修飞机场工人作对象，从外县赶来做生意。到由于人类妄想所产生的那些飞机发动机怒吼声，二十三十日夜在这个房子上空响着时，卖糖的却已发了一笔小财，回转家乡买田开杂货铺去了。年前霍乱的流行，一个村子一个村子的乡民，老少死亡相继。山上成熟的桃李，听他在树上地上腐烂，也不许在县中出卖。一个从四川开来的补充团，碰巧恰到这个地方，在极凄惨情形中死去了一大半，多浅葬在公路两旁，露出土外翘起的瘦脚，常常不免将行路人绊倒。一些人的生命，虽若受一种来自时代的大力所转动，无从自主。然而这土院子中，却又迁来一个寄居者，一个从爱情得失中产生伟大感和伟大自觉的诗人，住在那个善于唱歌吹笛的聪敏女孩子原来所住的小房中，想从窗口间一霎微光，或书本中一点偶然留下的花朵微香，以及一个消失在时间后业已多日的微笑影子，返回过去，稳定目前，创造未来。或在绝对孤寂中，用少量精美文字，来排比个人梦的形式与联想的微妙发展。每到小溪边去散步时，必携同我那个五岁大的孩子，用竹箬叶折成小船，装载上一朵野花，一个泛白的螺蚌，一点美丽的希望，并加上出于那个小孩子口中的痴而黠的祝福，让小船顺流而去。虽眼看去不多远，就会被一个树枝绊着，为急流冲翻，或在水流转折所激起的漩涡中消失，诗人却必然眼睛湿蒙蒙的，心中以为这个五寸长的船儿，终会有一天流到两千里外那个女孩子身边。而且那些憔悴的花朵，那点诚实的希望，以及出自孩子口中的天真祝福，会为那个女孩子含笑接受。有时正当落日衔山，天上云影红红紫紫如焚如烧，落日一方的群山黯淡成一片墨蓝，东西远处群山，在落照中光影陆离仪态万千时，这个诗人却充满象征意味，独自去屋后经过风化的一个山冈上，眺望天上云彩的变幻，和两面山色的倏忽。或偶然从山凹石罅间有所发现，必扳着那些摇摇欲坠的石块，努力去攀折那个野生带茨花卉，摘回来交给朋友，好像说："你看，我还是把他弄回来了，多险！"情绪中不自觉的充满成功的自足。诗人所住的小房间，既是那个善于吹笛唱歌女孩子住过的，到一切象征意味的爱情，依然填不满生命的空虚，也耗不尽受抑制的充沛热情时，因之抱一宏愿，用个五十万言小说，来表现自己，扩大自己。两年来，这个作品居然完成了。有人问及作品如何发表时，诗人便带着不自然的微笑，十分慎重的说：“这不忙发表，需要她先看过，许可发表时再想办法。”决不想到作品的发表与否，对于那个女孩子是不能成为如何重要问题的。就因为他还完全不明白他所爱慕的女孩子，几年来正如何生存在另外一个风雨飘摇事实巨浪中。怨爱交缚之际，生命的新生复消失，人我间情感与负气作成的无可奈何环境，所受的压力更如何沉重。这种种不仅为诗人梦想所不及，她自己也还不及料，一切变故都若完全在一种离奇宿命中，对于她加以种种试验。这个试验到最近，且更加离奇，使之对于生命的存在与发展，幸或不幸，都若不是个人能有所取舍。为希望从这个梦魇似的人生中逃出，得到稍稍休息，过不久或且居然又会回到这个梦魇初起处的旧居来，然而这方面，人虽若有机会回到这个唱歌吹笛的小楼上来，另一方面，诗人的小小箬叶船儿，却把他的欢欣的梦，和孤独的忧愁，载向想象所及的一方，一直向前，终于消失在过去时间里。淡了，远了，即或可以从星光虹影中回来，也早把方向迷失了。新的实现还可能有多少新的哀乐，当事者或旁观者对之都全无所知。当有人告给二奶奶，说三年前在后楼住的最活泼的一位小姐，要回到这个房子来住住时，二奶奶快乐异常的说：“那很好。住久了，和自己家里人一样，大家相安。×小姐人好心好，住在这里我们都欢喜她！”正若一个管理码头的，听说某一只船儿从海外归来神气一样自然，全不曾想到这只美丽小船三年来在海上连天巨浪中挣扎，是种什么经验。为得来这个经验，又如何弄得帆碎橹折，如今的小小休息，还是行将准备向另外一个更不可知的陌生航线驶去！

……日月运行，毫无休息，生命流转，似异实同。惟人生另有其庄严处，即因贤愚不等，取舍异趣，入渊升天，半由习染，半出偶然；所以兰桂未必齐芳，萧艾转易敷荣。动者常动，便若下坡转丸，无从自休，多得多患，多思多虑，有时无从用“劳我以生”自解，便觉“得天独全”可羡。静者常静，虽不为人生琐细所激发，无失亦无得，然而“其生若浮，其死则休”，虽近生命本来，单调又终若不可忍受。因之人生转趋复杂，彼此相慕，彼此相妒，彼此相争，彼此相学，相差相左，随事而生。凡此一切，智者得之，则生知识，仁者得之，则生悲悯，愚而好自用者得之，必又另有所成就。不信夙命的，固可从生命变易可惊异处，增加一分得失哀乐，正若对于明日犹可望凭知识或理性，将这个世界近于传奇部分去掉，人生便日趋于合理。信仰夙命的，又一反此种人能胜天的见解，正若认为“思索”非人性本来，倦人而且恼人，明日事不若付之偶然，生命亦比较从容自由，不信一切惟将生命贴近土地，与自然相邻，亦如自然一部分的，生命单纯庄严处，有时竟不可仿佛。至于相信一切的，到末了却将俨若得到一切，惟必然失去了用为认识一切的那个自己。

三　灰

在一堆具体的事实和无数抽象的法则上，我不免有点茫然自失，有点疲倦，有点不知如何是好。打量重新用我的手和想象，攀援住一种现象，即或属于过去业已消逝的，属于过去即未真实存在的……必需得到它方能稳定自己。

我似乎适从一个辽远的长途归来，带着一点混和在疲倦中的淡淡悲伤，站在这个绿荫四合的草地上，向淡绿与浓赭相交错成的原野，原野尽头那个淡黄色村落，伸出手去。

“给我一点点好的音乐，巴哈或莫札克，只要给我一点点，就已够了。我要休息在这个乐曲作成的情境中，不过一会儿，再让它带回到人间来，到都市或村落，钻入官吏颟顸贪得的灵魂里，中年知识阶级倦于思索怯于惑疑的灵魂里，年青男女青春热情被腐败势力虚伪观念所阉割后的灵魂里，来寻觅，来探索，来从这个那个剪取可望重新生长好种芽，即或他是有毒的，更能增加组织上的糜烂，可能使一种善良的本性发展有妨碍的，我依然要得到它，设法好好使用它。”

当我发现我所能得到的，只是一种思索继续思索，以及将这个无尽长链环绕自己，束缚自己时，我不能不回到二奶奶给我寄居五年那个家里了，这个房子去我当前所在地，真正的距离，原来还不到两百步远近。

大院中犹如五年前第一回看房子光景，晒了一地黑色高粱，二奶奶和另外三个女工，正站成一排，用木连枷击打地面高粱，且从均匀节奏中缓缓的移动脚步，让连枷各处可打到。三个女工都头裹白帕，使得记起五年前那几只从容自在啄食高粱的白母鸡。女工中有一位好像十分面善，可想不起这个乡下妇人会引起我注意的原因，直到听二奶奶叫那女工说：

“小香，小香，你看看饭去，你让先生来试试，会不会打。”

我才知道这是小香，我一面拿起握手处还温暖的连枷，一面想起小香的问题，竟始终不能合拍，使得二奶奶和女工都笑将起来，真应了先前一时向蚂蚁表示的意见，这个手爪的用处，已离开自然对于五个指头的设计甚远，完全不中用了。可是令我分心的，还是那个身材瘦小说话声哑的农家妇人小香。原来去年当收成时，小香正在发疯。她的妈是个寡妇，住在离城十里的一个村子中，小小房子被一把天火烧了，事后除从灰里找出几把烧得失形的农具和镰刀，已一无所有。于是趁收割季带了两个女孩子，到街子来找工作。大女孩七岁，小女孩两岁，向二奶奶说好借住在大院子装谷壳的侧屋中，有什么吃什么，无工可作母女就去田里收拾残穗和土豆，一面用它充饥，一面且储蓄起来，预备过冬。小香是大女儿，已出嫁过三年，丈夫出去当兵打仗，三年不来信，那人家想把她再嫁给一个人，收回一笔财礼，小香并不识字，只因为想起两句故事上的话语，“好马不配双鞍，烈女不嫁二夫”，为这个做人的抽象原则所困住，怕丢脸，不愿意再嫁，待赶回家去和她妈商量，才知道房子已烧去，许久又才找到二奶奶家里来。一看两个妹妹都嚼生高粱当饭吃，帮人无人要，因此就疯了。疯后整天大唱大嚷各处走去，乡下小孩子摘下仙人掌追着她打闹，她倒像十分快乐。过一阵生命力和积压在心中的委屈耗去了后，人安静了些，晚上就坐在二奶奶大门前，向人说自己的故事。到了夜里才偷悄悄进到二奶奶家装糠壳的屋子里睡睡，这事有一天无意中被另一房东骨都嘴嫂子发现了，就说：“嗐，嗐，这还了得！疯子要放火烧房子，什么人敢保险！”半夜里把小香赶了出去，听她在空地里过夜。并说：“疯子冷冷就会好。”房子既是几房合有的，二奶奶不能自作主张，却只好悄悄的送了些东西给小香的妈，过了冬天，这一家人扛了两口袋杂粮，携儿带女走到不知何处去了，大家对于小香也就渐渐忘记了。

我回到房中时，才知道小香原来已在一个地方做工，这回是特意来看看二奶奶，还带了些栗子送礼，因为母女去年在这里时，我们常送她饭吃，也送我们一些栗子，表示谢意。真应了平常一句俗话：“礼轻仁义重。”

到我家来吃晚饭的一个青年朋友，正和孩子们充满兴趣用小刀小锯作小木车，重新引起我对于自己这双手感到使用方式的惑疑。吃过饭后，朋友说起他的织袜厂最近所遭遇的困难，因原料缺少，无从和出纱方面接头，得不到救济，不能不停工。完全停工会影响到一百三十多个乡下妇人的生计，因此又勉强让部分工作继续下去。照袜厂发展说来，三千块钱作起，四年来已扩大到一百多万。这个小小事业且供给了一百多乡村妇女一种工作机会，每月可得到千元左右收入。照这个朋友计划说来，不仅已让这些乡下女人无用的手变为有用，且希望那个无用的心变为有用，因此一天到处为这个事业奔走，晚上还亲自来教这些女工认字读书，凡所触及的问题，都若无可如何，换取原料既无从直接着手，教育这些乡村女子，想她们慢慢的，在能好好的用她们的手以后还能好好的用她们的心，更将是个如何麻烦无望的课题！然而朋友对于工作的信心和热诚，竟若毫无困难不可克服，而且那种精力饱满对事乐观的态度，使我隐约看出另一代的希望，将可望如何重建起来，一颗素朴简单的心，如二奶奶本来所具有的，如何加以改造，即可成为一颗同样素朴简单的心，如这个朋友当前所表现的，当这个改造底幻想无章次的从我脑中掠过时，朋友走了，赶回厂中教那些女工夜课去了。

孩子们平时晚间欢喜我说一切荒唐故事，故事中一个年青正直的好人，如何从星光接来一个火，又如何被另外一种不义的贪欲所作成的风吹熄，使得这个正直的人想把正直的心送给他的爱人时，竟迷路失足到脏水池淹死，这类故事就常常把孩子们光光的眼睛挤出同情的热泪。今夜里却把那年青朋友和他们共同做成的木车子，玩得非常专心，既不想听故事，也不愿上床睡觉。我不仅发现了孩子们的将来，也仿佛看出了这个国家的将来。传奇故事在年青生命中已行将失去意义，代替而来的必然是完全实际的事业，这种实际不仅能缚住他们的幻想，还可能引起他们分外的神往倾心！

大院子里连枷声，还在继续拍打地面。月光薄薄的，淡云微月中一切犹如江南四月光景。我离开了家中人，出了大门，走向白天到的那个地方去找寻一样东西。我想明白那个蚂蚁是否还在草间奔走。我当真那么想，因为只要在草地上有一匹蚂蚁被我发现，就会从这个小小生物活动上，追究起另外一个题目。不仅蚂蚁不曾发现，即白日里那片奇异绿色，在美丽而温柔的月光下也完全失去了。目光所及到处是一片银灰。这个灰色且把远近土地的界限，和草木色泽的等级，全失去了意义，只从远处闪烁摇曳微光中，知道那个处所有村落，有人。站了一会儿，我不免恐怖起来。因为这个灰色正像一个人生命的形式。一个人使用他的手有所写作时，从文字中所表现的形式。“这个人是谁？是死去的还是生存的？是你还是我？”从远处缓慢舂米声中，听出相似口气的质问。我应当试作回答可不知如何回答，因之一直向家中逃去。

二奶奶见个黑影子猛然窜进大门时，停下了她的工作。

“疯子，可是你?”

我说：“是我!”

二奶奶笑了：“沈先生，是你！我还以为你是小香，正经事不作，来吓人。”

从二奶奶话语中，我好像方重新发现那个在绿色黑色和灰色中失去了的我。

上楼见主妇时，问我到什么地方去了那么久。

“你是说刚才，还是说从白天起始？我从外边回来，二奶奶以为我是小香疯子，说我一天正经事不作，只吓人，知道是我，她笑了，大家都笑了，她倒并没有说错。你看我一天作了些什么正经事，和小香有什么不同。不过我从不吓人，只欢喜吓吓我自己罢了。”

主妇完全不明白我所说的意义，只是莞尔而笑。然而这个笑又像平时是了解与宽容，亲切和同情的象征，这时对我却成为一种排斥的力量，陷我到完全孤立无助情境中。在我面前的是一颗希有素朴善良的心。十年来从我性情上的必然，所加于她的各种挫折，任何情形下，还都不曾将她那个出自内心代表真诚的微笑夺去。生命的健全与完整，不仅表现于对人性情对事责任感上，且同时表现于体力精力饱满与兴趣活泼上。岁月加于她的限制，竟若毫无作用。家事孩子们的麻烦，反而更激起她的温柔母性的扩大。温习到她这些得天独厚长处时，我竟真像是有点不平，所以又说：

“我需要一点音乐，来洗洗我这个脑子，也休息休息它。普通人用脚走路，我用的是脑子。我觉得很累。音乐不仅能恢复我的精力，还可缚住我的幻想，比家庭中的你和孩子重要！”这还是我今天第一回真正把音乐对于我意义说出口，末后一句话且故意加重一些语气。

主妇依然微笑，意思正像说：“这个怎么能激起我的妒嫉？别人用美丽辞藻征服读者和听众，你照例先用这个征服自己，为想象弄得自己十分软弱，或过分刚强。全不必要！你比两个孩子的心实在还幼稚，因为你说出了从星光中取火的故事，便自己去试验它。说不定还自觉如故事中人一样，在得到了火以后，又陷溺到另一个想象的泥潭中，无从挣扎，终于死了。在习惯方式中吓你自己，为故事中悲剧而感动万分！不仅扮作想象中的君子，还扮作想象成的恶棍。结果什么都不成，当然会觉得很累！这种观念飞跃纵不是天生的毛病，从整个发展看也几几乎近于天生的。弱点同时也就是长处。这时节你觉得吓怕，更多时候很显然你是少不了它的！”

我如一个离奇星云被一个新数学家从什么第五度空间公

式所捉住一样，简直完全输给主妇了。

从她的微笑中，从当前孩子们浓厚游戏心情所作成的家庭温暖空气中，我于是逐渐由一组抽象观念变成一个具体的人。“音乐对于我的效果，或者正是不让我的心在生活上凝固，却容许在一组声音上，保留我被捉住以前的自由！”我不敢继续想下去，因为我想象已近乎一个疯子所有。我也笑了。两种笑融解于灯光下时，我的梦已醒了。我做了个新黄粱梦。

三十五年三月二十六改校

白魇

我需要清静与单独，因此长住在乡下。

乡下居住一久，和场面社会都隔绝了，一家便在极端简单生活中，送走连续而来的每个日子。简单生活中又似乎还有个并不十分简单的人事关系存在。即从一切书本中，接近两千年来人类为求发展争生存种种哀乐得失。他们的理想与愿望，如何受事实束缚挫折，再从束缚挫折中突出，转而成为有生命的文字，扩大加强那个向往与趋赴，这个艰苦困难过程，也仿佛可以接触。其次就是从各方面通信上，还可和另外环境背景中的熟人谈谈过去，和陌生朋友谈谈未来，当前的生活一与过去未来连接时，生命便若重新获得一种深刻而丰富意义。再其次即从少数过往客人中，见出这些本性善良可爱人物的灵魂，被生活压力所及，影响到义利取舍时，欲望贴近地面，是个什么样子，同样对于幽微曲折人性若有会于心。

这时节，我面前桌上正放一堆待复的信件，和几包刚从邮局取回的书籍。信中提到的，不外战争带来的亲友死亡消息，或青年朋友与实生活迎面时，对于社会所感到的绝望，以及人近中年，从诚实工作接受寂寞报酬，一面忍受这种寂寞，一面总不免有点郁郁不平。因之精神慢慢分解，失去本来的自主形成一种悲剧的迸发。从这种通信上，我俨然便看到当前社会一个断面。明白这个民族在如何痛苦中，接受时代所加于他们身上的严酷试验，社会动力既决定于感情与意志，新的信仰且如何在逐渐生长中。倒下去的生命，已无可补救。我得从复信中给活下的他们一点希望，也从复信中认识认识自己。

二十六岁的小表弟黄育照，在洞庭湖边谷仓争夺战中，于华容为掩护部属抢渡，救了他人救不了自己，阵亡了。同时阵亡的还有个聂清。为写文章讨经验，随同部队转战各处已六年。还有个作军需的子昭，在嘉善作战不死却在这一次牺牲。这种牺牲其实还包含有一个小小山城五千孤儿寡妇的饮泣，一朝上每家门前多一小小白木牌子。然而这是战争！

……人既死了，为做人责任和理想而死，活下去的徒然悲痛，实在无多意义。既然是战争，就不免有死亡！死去的万千年青人，谁不对国家前途或个人事业，有种光明希望和美丽的梦？可是在接受分定上，希望和梦总不可免会破灭。或死于敌人无情炮火，或死于国家组织上的弱点，二而一，同样完事。这个国家因为前一辈不大振作，自私而贪得，愚昧而残忍，使我们这一代为历史担负那么一个沉重担子，活时如此卑屈而痛苦，死时如此胡涂而悲惨。更青年一辈，可有权利向我们要求，活得应当像个人样子！我们尽这一生努力，来让他们活得比较公正合理些，幸福尊贵些，不是不可能的！

一个朋友离开了学校将近五年，想重新回学校来，被传说中昆明生活愣住了。因此回个信告他一点情况。

……这是一个古怪地方，天时地利人和条件具备，然而乡村本来的素朴单纯，与城市习气作成的贪污复杂，却产生一个强烈明显对照，使人十分痛苦。湖山如此美丽，人事上却贫富悬殊到不可想象程度。到处是钞票在膨胀，在活动，大多数人的作人兴趣，即维持在这个钞票数量争夺过程中。钞票越来越多，因之一切责任上的尊严，与作人良心的标尺，都被压扁扭屈，慢慢失去应有的完整。正当公务员过日子都不大容易对付，普通绅商宴客，却时常有熊掌，鱼翅，鹿筋，象鼻子，点缀席面。奇特现象中最不可解处，即社会习气且培养到这个堕落现象的扩大。大家都好像明白战时战后决定这个民族百年荣枯命运的，主要的还是学识，教部照例将会考优秀学生保送来这里升学，有钱人子弟想入学校肄业，恐考试不中，且乐意出极大报酬代价找替考人，可是公私各方面，就似乎从不曾想到这些教书十年二十年的书呆子，过的是种什么紧张日子。雨季中许多人家半浸在水里，也似乎是应分的。本地小学教员已到有××收入，大学校长收入却小些；大学教授收入在一半法币上盘旋，完全近于玩戏法的，要一条大蛇从一根细小绳子上爬过。这是当前有理性的知识分子活在无能力的统治机构下必然的悲处，战争如果是个广义形容词，大多数同事，就可说是在和一种风气习惯而战争！情形虽已够艰苦，实并不气馁！日光多，自由多，在日光之下能自由思索，培养惑疑和否定的种子，这是支持我们情绪唯一的撑柱，也是重造这个民族品德的一点转机！缺少适应现实能力的，却在追求抽象，这里要的是真正勇敢！

一个习文学的朋友，写了近百万字作品，搁在手提箱中待出路。译了一大堆作品，勉强可以生活下去。从自修俄文到将托尔斯太《战争与和平》译毕，再一字一句重抄三次，印出后大家尚不知译书的人是谁。

……国家在忧患中受试验，个人也免不了有一分。一切事似乎都若无可为，一切事总又若于黯淡湿雾中，还透露出一线光明。因为从各种工作各种事业，都可看出正有人将精力和信心粘附到这个民族发展需要上去。且有人充满否定勇气，想从事实泥淖中挣扎而出。这点信心和希望，目前虽尚若十分散漫，到某一时必有个方式可以归纳成为一个目的。合理的进步，终是可望的！我们在这里日子过得虽如黔娄先生，情绪却很好。尤其是作主妇的，在家事与校课两忙中，直到把一个主妇最高效率用尽后，还不至于累倒，尚能从从容容的把你译的一切书仔细读完！（试想想，到处都有这种读者，你工作并不寂寞！）自以为能够把握现实深谋远虑的人，都各在想方设法用变相高利贷方式，向乡下人囤购粮食杂物，我们却正讨论到使用生命向什么方面比较有意义。你说的……极平常自然。近二十年来习文史多侧重章句知识，因之乡愿陋儒点缀思想家间，本身尚难脱离圆光算命鬼神迷信，领导他人时当然不外如彼如此。阿谀情趣若与热中打算相会合，即不免有类乎现代群儒铸九鼎行为发生。这是必然的结果，并非偶然的表现。这也正可提供后来者作参考，让我们明白读书若在求知识以外，还有点意义，应当是从书本上接受一个健康坚实的做人原则，目下有些人是谈不到这个的。若一切经典所建设的抽象原则，已失去其应有尊严作用，而显得腐霉败坏时，我们此时就得来从文学上重新努力。

这种信照例写不完，乡下虽清静无从长远清静，客人来了，主妇温和诚朴的微笑，在任何生活狼狈情形中从未失去。微笑中不仅表示对于生活的乐观，且可给客人发现一种纯挚同情；对人对事无机心的同情，使得间或从家庭中小小拌嘴过来的女客人，更容易当成个知己，以倾吐腹心为快。这一来，我工作自然就得停顿了。

凑巧来的是白胖胖的何太太，善于用演戏时兴奋情感说话，叙述琐事能委曲尽致，表现自己有时又若故意居于不利地位，增加点比本人年龄略小的爱娇。女孩儿家喉咙响，声音分外大，一上楼时就嚷：

“从文先生，我又来了。一来总见你坐在桌子边，工作好忙！我们谈话一定吵闹了你，是不是？我坐坐就走！真不好意思，一来就妨碍你，你可想要出去做文章？太阳好，晒晒太阳也有好处。有人说，晒晒太阳灵感会来，让我晒太阳，就只会出油出汗！我又加重了十一磅！你试说咋个了？”

我不免稍微有点受窘，忙用笑话自救：“若想找灵感，依我想，最好倒是听你们谈谈天，一定有许多故事可听！”

“从文先生你说笑话。……可别骂我，千万别把我写到你那文章中！他们说我是座活动广播电台，长短波都有，性能灵敏，修理简单，材质结实，这是仿单上的说明；其实！唉，我不过是……”

我赶忙为补充：“一个心直口快的好人罢了。你若不疑心我是骂人，我常觉得你实有天才，真正的天才，观察事情极仔细，描画人物兴趣又特别好。对人对事都充满热忱。往年王敦吃人家澡豆，前不多久我的弟弟在印度王公府上聚餐，金盏中洗手水也只想喝去。”

“这不是骂我是什么！”

我心想，好聪敏，你一定又联想到大观园中那一位傻大姐了。我并没有这个意思！不成不成，这不是议会和讲堂，决非口舌奋斗可以找出结论。因此，忽略一个作主人的应有礼貌，在主妇微笑示意中，离开了家，离开了客人，来到半月前发现“绿魇”的枯草地上了。

我重新得到了清静与单独。

我面前是个小小四方朱红茶几，茶几上有个好像必需写点什么的本子。强烈阳光照在身上和手上。照在草地上和那个小小本子上。阳光下空气十分暖和，间或吹来一阵微风，空气中便可感觉到一点从滇池送来冰凉的水汽，和一点枯草香气。四围景象和半月前已大不同：小坡上那一片发黑垂头的高粱，大约带到人家屋檐下，象征财富之一部去了。待翻腾的土地上，有几只呆呆的戴胜鸟在寻觅虫蚁吃食。那个石榴树园，小小蜡黄色的透明叶片，早已完全落尽，只剩下一簇簇银色带刺细枝，点缀在一片长满萝卜秧子新绿中。河堤前那个连接滇池的大田原，极目绿芜照眼，再分辨不出被犁头划过的纵横赭色条纹。河堤上那些成行列的松柏，也若在三五回严霜中，失去了固有的优美，见出一点萧瑟。在暖和明朗阳光下，结队旋飞自得其乐的蜉蝣，更已不知死到何处去了。

我于是从面前这一片枯草地上，试来仔细搜寻，看看是不是还可发现那些绿色斑驳金光灿烂的小小甲虫，依然能在阳光下保留本来的从容闲适，带着轻快神情，于草梗间无目的漫游，并充满游戏心情，从弯垂草梗尖端突然下坠？结果完全失望，一片泛白的枯草间，即那个半月前爬上我手背若有所询问的小小黑蚂蚁，也不知归宿到何处去了。

阳光依旧如一只温暖的大手，从数千万里外向一切生命伸来。除却我和面前土地，接受这种同情时，还感到一点反应，其余生命都若在“大块息我以死”态度中，各人都在思索边际以外结束休息了。枯草间有着放光细劲枝梗带曳长穗的狗尾草类植物。种子散尽后，尚依旧在微风中轻轻摇头，假装在光下表示生命虽已完结，责任犹未完结神气。

天还是那么蓝，深沉而安静，有灰白的云彩从树林尽头慢慢涌起；如有所企图的填去了那个蓝穹一角。随即又被一种不可知的力量所抑制，在无可奈何情形下，转而成为无目的的驰逐。驰逐复驰逐，终于又重新消失在蓝与灰相融合作成的珠母色天际。

大院子同住的人，只有逃避空袭方来到这个空地上。我需要逃避的，却是地面上一种永远带点突如其来的袭击。我虽是一个写故事的，照例不会拒绝一切与人性有关的见闻，可是从性情可爱的客人方面所表现的故事，居多都像太真实了一点，待要把它写到纸上时，给人印象不是混乱荒谬，便反而近于虚幻想象了。

……另一时，正当我们和朋友商量到一个严重问题时，一位爱美而热忱，长于用本人生活抒情的温太太，如一个风暴突然侵入房中。

“××先生（向一位陌生客人说），你多大年纪了，怎么总不见老？十年前你是这个样子，现在还是一模一样，吃了多少赐保命！我从四川回来，人都说我老了，不像从前那么一切合标准了（抚抚丰腴的脸颊），我真老了，我要和我××离婚，让他去和年青女人小羚羊小梅花鹿恋爱，我不管（她补充说私下看过先生日记）。我喝咖啡多了睡不好觉，会失眠（用银匙子搅和咖啡）。这墙上的字写得真好，写得多软和（用手胡乱画那些不大容易认识的草字）。人老了真无意思，我要走了。明早又还得进城，……真气人。”温太太话一说完，当真气走了。只留下一个飓风来临的空气在一群朋友间，虽并不见毁屋拔木，可把人弄得胡胡涂涂。

那种人为的飓风去后许久，主客之间还不免带点剩余惊悸，都猜想：也要当真会有什么重大变故要发生了。至少是这变故业已在温太太灵魂上发生？结果还亏主妇用微笑打破了这种沉闷。

“温太太为人极可爱，有什么说什么。只因为太爱好，事不能尽如人意，琐琐家务更多烦心，所以总是去向朋友说到家庭问题。其实刚才说起的事，不仅你们不明白，过一会儿她自己也就忘记了，我猜想，明天进城一定是去吃酒，不是有什么别的问题的！”大家才觉得这事原可以笑笑，把空气改变过来。

主妇还有话不曾说明，即另外一时本来有客人来乡下代温太太要处理大问题，结果却只是吃了杯酒，调解无事。

温习到这个骤然而来的可爱风暴时，我心便若失去了原有的谧静，再也不能集中于一种意见或一组观念上。

我因此想起许多事情。如彼或如此，在人生中十分真实，但各有它存在的道理，巴尔扎克或高尔基，笔下都不会放过。可是这些事在我脑子中，却只作成一种混乱印象，假若一页用失去了时效的颜色，胡乱涂成的漫画，这漫画尽管异常逼真，但实在并不动人。这算个什么？我们作人的兴趣或理想，难道都必然得奠基于这种猥琐粗俗现象上，且分享活在这种事实中的小小人物悲欢得失，方能称为活人？一面想起这个眼前身边无剪裁的人生，虽无章次，却又俨然有物各遂其生的神气，一面想起另外一些人所抱的崇高理想，以及理想在事实中遭遇的限制，挫折，毁灭，正若某种稀有高级生物受自然苛刻特别多，不能适应反而容易夭折，不免苦痛起来。我还得逃避，逃避到一种抽象中，方可突出这个人事印象的困惑。

我耳边有发动机在高空搏击空气的声响。这不是一种简单音乐，单纯调子中，实包含有千年来诗人的热狂幻想，与现代技术的准确冷静，再加上战争残忍情感相揉合的复杂矛盾。这点诗人美丽的情绪，与一堆数学上的公式，三五十种新的合金，以及一点儿现代战争所争持的民族尊严感，方共同作成这个现象。这个古怪拼合物，目前原在一万公尺以上高空中自由活动，寻觅另外一处飞来的同样古怪拼合物，一到互相发现时，三分钟内的接触，其中之一变成一团火焰向下飘坠。这一世界各处美丽天空下，每一分钟内差不多都有这种火焰一朵朵往下坠。我就还有好些小朋友，在那个高空中，用极端单纯的注意，预备使别人从火焰中下坠，或自己挟带着火焰下坠。

当高空飞机发现敌机以前，我因为这个发现，我的心，便好像被一粒子弹击中，从虚空倏然坠下，重新陷溺到一个更复杂人事景象中，完全失去方向了。

忽然耳边发动机声音重浊起来。抬起头时，便可从明亮蓝空间，看见一个银白放光点子，慢慢的变成了一个小小银白十字架。再过不久，我坐的地方，面前朱红茶几，茶几上那个用来写点什么的小本子，有一片飞机翅膀作成的阴影掠过，阳光消失了。面前那个种有油菜的田圃，也暂时失去了原有的嫩绿。待阳光重新照临到纸上时，在那上面我写了两个字，“白魇”。

一九四四昆明写，一九四七北平改

黑魔

昆明市空袭威胁！因同盟国飞机数量逐渐增多后，空战由防御转为进攻，城中空袭俨然成为过去一种噩梦，大家已不甚在意。两年前被炸被焚的瓦砾堆上，大多数有壮大美观的建筑矗起。疏散乡下的市民，于是陆续离开了静寂的乡村，从新变作“城里人”。当进城风气影响到我住的滇池边那个小乡村时，家中会诅咒猫儿打喷嚏的张嫂，正受了梁山伯恋爱故事刺激，情绪不大稳定，就借故说：

“太太，大家都搬进城里住去了，我们怎么不搬？城里电灯方便，自来水方便，先生上课方便，小弟读书方便，还有你，太太，要教书更方便！我看你一天来回五龙埠跑十里路，心都疼了。”

主妇不作声，只笑笑。这种建议自然不会成为事实，因为我们实在还无做城里人资格。真正需要方便的是张嫂。

过了两个月，张嫂变更了个谈话方式。

“太太，我想进城去看看我大姑妈，一个全头全尾的好人，心真好！总不说谎，除非万不得已，不赌咒！

“五年不见面，托人带了信来，想得我害病！我陪她去住住，两个月就回来。我舍不得太太和小弟，一定会回来的！你借我一个月薪水，我发誓……小弟真好！”

平时既只对于梁山伯婚事关心，从不提起过这位大姑妈。不过叙述到另外一个女用人进城后，如何嫁了个穿黑洋服的“上海人”，直充满羡慕神气。我们如看什么象征派新诗一样，有了个长长的注解，好坏虽不大懂，内容已全然明白。昆明穿洋服的文明人可真多，我们不好意思不让她试试机会，自然一切同意。于是不多久，张嫂就换上那件灰线呢短袖旗袍，半高跟旧皮鞋，带上那个生锈的洋金手表，扁扁脸上还敷了好些白粉，打扮得香喷喷的，兴奋而快乐，骑马进城看她的抽象姑妈去了。

我依然在乡下不动，若房东好意无变化，即住到战争结束亦未可知。温和阳光与清爽空气，对于孩子们健康既有好处，寄居了将近×年，两个相连接的雕花绘彩大院落，院落中的人事新陈代谢，也使我觉得在乡村中住下来，比城里还有意义。户外看长脚蜘蛛于仙人掌篱笆间往来结网，捕捉蝇蛾，辛苦经营，不惮烦劳，还装饰那个彩色斑驳的身体，吸引异性，可见出简单生命求生的庄严与巧慧。回到住处时，看着几个乡下妇人，在石臼边为唱本新事上的姻缘不偶，从眼眶中浸出诚实热泪，又如何用发誓诅愿方式，解脱自己小小过失，并随时说点谎话，增加他人对于一己信托与尊重，更可悟出人类生命取予形式的多方，我事实上也在学习一切，不过和别人所学的大不相同罢了。

在腹大头小的一群官商合作争夺钞票局面中，物价既越来越高，学校收入照例不敷日用。我还不大考虑到“兼职兼差”问题，主妇也不会和乡下人打交道作“聚草屯粮”计划，为节约计，用人走后大小杂务都自己动手。磨刀扛物是我二十年老本行，作来自然方便容易。烧饭洗衣就归主妇，这类工作通常还与校课衔接。遇挑水拾树叶，即动员全家人丁，九岁大的龙龙，六岁大的虎虎，一律参加。来去传递，竞争奔赴。一面工作一面也就训练孩子，使他们从合作服务中得到劳动愉快和做人尊严。干的湿的有什么吃什么，没有时包谷红薯也当饭吃，有时尽量，有时又听小的饱吃，大人稍稍节制。孩子们欢笑歌呼，于家庭中带来无限生机与活力。主妇的身心既健康而朴素，接受生活应付生活俱见出无比的勇气和耐心，尤其是共同对于生命有个新态度，过下去似乎再困难，即过三五年也担当得住并不如何灰心。一般人要生活，从普通比较见优劣，或多有件新衣和双鞋子，照例即可感到幸福。日子稍微窘迫，或发现有些方面不如人，设法从社交方式弥补，依然还不大济事时，因之许多高尚脑子，到某一时自不免又会悄悄的作些不大高尚的打算；许多人的聪明智巧，倒常常表现成为可笑行为。环境中的种种见闻，恰作成我们另外一种教育，既不重视也并不轻视。正好让我们明白，同样是人生，可相当复杂，具体的猥琐与抽象的庄严，它的分歧虽极明显，实同源于求生，各自想从生活中证实存在意义。生命受物欲控制，或随理想发展，只因取舍有异，结果自不相同。

我凑巧拣了那么一个古怪事业，照近二十年社会习惯称为“作家”。工作对社会国家也若有些微作用，社会国家对本人可并无多大作用。虽早已名为“职业”，然无从靠它“生活”。情形最古怪处，便是这个工作虽不与生活发生关系，却缚住了我的生命，且将终其一生，无从改弦易辙。另一方面又必然迫得我超越通常个人爱憎，充满兴趣鼓足勇气去明白“人”，理解“事”，分析人事中那个常与变，偶然与凑巧，相左或相仇，将种种情形所产生的哀乐得失式样，用它来教育我，折磨我，营养我，方能继续工作。

千载前的高士，常抱着个单纯信念，因天下事不屑为而避世，或弹琴赋诗，或披裘负薪，隐居山林，自得其乐。虽说不以得失荣利攖心，却依然保留一种愿望，即天下有道，由高士转而为朝士的愿望。作当前的候补高士，可完全活在一个不同心情状态中。生活简单而平凡，在家事中尽手足勤劳之力打点小杂，义务尽过后，就带了些纸和书籍，到有和风与阳光的草地上，来温习温习人事，并思索思索人生。先从天光云影草木荣枯中，有所会心。随即由大好河山的丰腴与美好，和人事上无章次处两相对照，慢慢的从这个不剪裁的人生中，发现了“堕落”二字真正的意义。又慢慢的从一切书本上，看出那个堕落因子。又慢慢的从各阶层间，看出那个堕落传染浸润现象；尤其是读书人倦于思索，怯于惑疑，苟安于现状的种种，加上一点为贤内助谋出路的打算，如何即对武力和权势形成一种阿谀不自重风气。这种失去自己可能为民族带来一种什么形式的奴役，仿佛十分清楚。我于是渐渐失去原来与自然对面时应得的谧静。我想呼喊，可不知向谁呼喊。

“这不成！这不成！人虽是个动物，希望活得幸福，但是人究竟和别的动物不同，还需要活得尊贵！如果当前少数人的幸福，原来完全奠基于一种不义的习惯，这个习惯的继续，不仅使多数人活得卑屈而痛苦，死得胡涂而悲惨，还有更可怕的，是这不现实将使下一代堕落的更加堕落，困难越发困难，我们怎么办？如果真正的多数幸福，实决定于一个民族劳动与知识的结合，从极合理方式中将它的成果重作分配，在这个情形下，民族中一切优秀分子，方可得到更多自由发展的机会。在争取这种幸福过程时，我们实希望人先要活得尊贵些！我们当前便需要一种‘清洁运动’，必将现在政治的特殊包庇性，和现代文化的驵侩气，以及三五无出息的知识分子所提倡的变相鬼神迷信，于年青生命中所形成的势利，依赖，狡猾，自私诸倾向，完全洗刷干净，恢复了二十岁左右头脑应有的纯正与清朗，认识出这个世界，并在人类驾驭钢铁征服自然才智竞争中，接受这个民族一种新的命运。我们得一切从新起始：从新想，从新做，从新爱和恨，从新信仰和惑疑。……”

我似乎为自己所提出的荒谬问题愣住了。试左右回顾，身边只有一片明朗阳光，漂浮于泛白枯草上。更远一点，在阳光下各种层次的绿色，正若向我包围越来越近。虽然一切生命无不取给于绿色，这里却不见一个人。一个有勇气将社会人生如一副牌摊散在面前，一一从新检起试来排列一下的人。

到我从新来检讨影响到这个民族正当发展的一切抽象原

则以及目前还在运用它作工具的思想家或统治者被它所囚缚的知识分子和普通群众时，顷刻间便俨若陷溺到一个无边无际的海洋里，把方向完全迷失了。只到处看出用各式各样材料作成装载“理想”的船舶，数千年来永远于同一方式中，被一种卑鄙自私形成的力量所摧毁，剩下些破帆碎桨在海面漂浮。到处见出同样取生命于阳光，繁殖大海洋中的简单绿色荇藻，正唯其异常单纯，随浪起伏动荡，适应现实，便得到生命悦乐。还有那个寄生息于荇藻中的小鱼小虾，亦无不成群结伴，悠然自得，各适其性。海洋较深处，便有一群群种类不同的鲨鱼，皮韧而滑，能顺波浪，狡狠敏捷，锐齿如锯，于同类异类中有所争逐，十分猛烈。还有一只只黑色鲸鱼，张大嘴时万千细小蚧蛤和乌贼海星，即随同巨口张阖作成的潮流，消失于那个深渊无底洞口，庞大如山的鱼身，转折之际本来已极感困难，躯体各部门，尚可看见万千有吸盘的大小鱼类，用它吸盘紧紧贴住，随同升沉于洪波巨浪中。这一切生物在海面所产生的漩涡与波涛，加上世界上另外一隅寒流温暖所作成变化，卷没了我的小小身子，复把我从白浪顶上抛起。试伸手有所攀援时，方明白那些破碎板片，正如同经典中的抽象原则，已腐朽到全不适用。但见远处彷徘有十来个衣冠人物，正在那里收拾海面残余，扎成一个简陋筏子。仔细看看，原来载的是一群两千年前未坑尽腐儒，只因为活得寂寞无聊，所以用儒家名分，附会谶纬星象征兆，预备作一个遥远跋涉，去找寻矿产熔铸九鼎。这个筏子向我慢慢飘来，又慢慢远去，终于消失到烟波浩渺中不见了。

试由海面向上望，忽然发现蓝穹中一把细碎星子，闪灼着细碎光明。从冷静星光中，我看出一种永恒，一点力量，一点意志。诗人或哲人为这个启示，反映于纯洁心灵中即成为一切崇高理想。过去诗人受牵引迷惑，对远景泼眸过久，失去条理如何即成为疯狂，得到平衡如何即成为法则：简单法则与多数人心会和时如何产生宗教，由迷惑，疯狂，到个人平衡过程中，又如何产生艺术。一切真实伟大艺术，都无不可见出这个发展过程和终结目的。然而这目的，说起来，和随地可见蚊蚋集团的翁翁营营要求的效果终点，距离未免相去太远了。

微风掠过面前的绿原，似乎有一阵新的波浪从我身边推过。我攀住了一样东西，于是浮起来了。我攀住的是这个民族在忧患中受试验时一切活人素朴的心；年青男女人社会以前对于人生的坦白与热诚，未恋爱以前对于爱情的腼腆与纯粹，还有那个在城市，在乡村，在一切边陬僻壤，埋没无闻卑贱简单工作中，低下头来的正直公民，小学教师或农民，从习惯中受侮辱，受挫折，受牺牲的广泛沉默。沉默中所保有的民族善良品性，如何适宜培养爱和恨的种子！

强烈照眼阳光下，蚕豆小麦作成的新绿，已掩盖远近赭色田亩。面对这个广大的绿原，一端衔接于泛银光的滇池，一端却逐渐消失于蓝与灰融合而成的珠色天际，我仿佛看到一些种子，从我手中撒去，用另外一种方式，在另外一时同样一片蓝天下形成的繁荣。

有个脆弱而充满快乐情感的声音，在高大仙人掌丛后锐声呼唤：

“爸爸，爸爸，快回来，不要走得太远，大家提水去！”我知道，我的心确实走得太远，应当回家了。我似乎也快迷路了。

原来那个六岁大的虎虎，已从学校归来，准备为家事服务了。

孩子们取水的溪沟边，另外一时，每当晚饭前后，必有个善于弹琴唱歌聪明活泼的女子，带了他到那个松柏成行的长堤上去散步，看滇池上空一带如焚如烧的晚云，和镶嵌于明净天空中梳子形淡白新月，共同笑乐。这个亲戚走后，过不久又来了一个生活孤独性情淳厚的朋友，依然每天带了他到那里去散步。脚印践踏脚印，取同一方向来回。朋友为娱乐自己并娱乐孩子，常把绿竹叶折成的小船，装上一点红白野花，一点玛瑙石子，以及一点单纯忧郁隐晦的希望，和孩子对于这个行为的痴愿与祝福，乘流而去。小船去不多远，必为溪中洑流或岸旁下垂树枝作成的洑涡搅翻。在诗人和孩子心中，却同样以为终有一天会直达彼岸。生命愿望凡从星光虹影中取决方向的，正若随同一去不复返的时间，渐去渐远，纵想从星光虹影中寻觅归路，已不可能。在另一方面，朋友走了，有所寻觅的远远走去，可是过不久，孩子们或许又可以和那个远行归来的姨姨，共同到溪边提水了。玩味及这种人事倏忽相差相左无可奈何光景时，不由得人不轻轻的叹一口气。

晚饭时，从主妇口中才知道家中半天内已来过好些客人。甲先生叙述一阵贤明太太们用变相高利贷“投资”的故事，尽了广播义务，就走了。乙太太叙述一阵家庭小纠纷问题，为自己丈夫作个不美观画相也走了。丙小姐和丁博士又报告……

主妇笑着说：“他们让我知道许多事情，可无一个人知道我们今天卖了一升麦子一家四人才能过年。”

我说：“我们就活到那么一个世界中，也是教育，也是战争！”

“我倒觉得人各有好处，从性情上看来，这些朋友都各有各的好处。……”

“这个话从你口中说出时，很可以增加他们一点自尊心，若果由我笔下写出，可就会以为是讽刺了。许多人平常过日子的方法，一生的打算，以至于从自己口中说出的话语，都若十分自然毫不以为不美不合式，且会觉得在你面前如此表现，还可见出友谊的信托和那点本性上的坦白天真。可是一到由另一人照实写下来，就不可免成为不美观的讽刺画了。我容易得罪人在此。这也就是我这支笔常常避开当前社会，去写传奇故事原因。一切场面上的庄严，从深处看，将隐饰部分略作对照，必然都成为漫画。我并不乐意作个漫画家！实在说来，对于一切人的行为和动机，我比你更多同情。我从不想到过用某一种道德标准去度量一般人，因为我明白人太不相同。不幸是它和我的工作关系又太密切，所以间或提及这个差别时，终不免有点痛苦，企图中和这点痛苦，反而因之会使这些可爱灵魂痛苦。我总以为做人和写文章一样，包含不断的修正，可以从学习得到进步。尤其是读书人，从一切好书取法，慢慢的会转好。事实上可不大容易。真如×说的‘蝗虫集团从海外飞来，还是蝗虫’。如果是虎豹呢，即或只剩上一牙一爪，也可见出这种山中猛兽的特有精力和雄强气魄！不幸的是现代文化便培养了许多蝗虫。在都市高级知识分子中，特别容易发现蝗虫，贪得而自私，有个华美外表，比蝗虫更多一种自足的高贵。”

主妇一遇到涉及人的问题时，照例只是微笑。从微笑中依稀可见出“察渊鱼者不祥”一句格言的反光，或如另一时论起的，“我即觉得他人和我理想不同，从不说；你一说，就糟了。在自以为深刻的，可不想在人家容易成苛刻，为的是人总是人，是异于兽和神之间的东西，他们从我沉默中，比由你文章中可以领会更多的同情。每个人既都有不同的弱点，同情却覆盖了那个不愉快！”

我想起先前一时在田野中感觉到的广大沉默，因此又说：“沉默也是一种难得品德，在许多方面可以看得出来。因为它在同情之外，还包含容忍，保留否定。可是这种品德是无望于某些人的。说真话，有些人不能沉默的表现上，我倒时常可以发现一种爱娇，即稍微混和一点儿做作亦无关系。因为大都本源于求好，求好心太切，又缺少自信自知，有时就不免适得其反。许多人在求好行为上摔跤，你亲眼看到，不作声，就称为忠厚；我看到，充满善意想用手扶一扶，反而不成！虎虎摔跤也不欢喜人扶的！因为这伤害了他的做人自尊心。”

主妇说："你知道那么多，却自己作不到把这不难得品德得到！你即不扶也成，可是事实上你有时却说我恐怕伤你自尊心，虽然你并不十分自尊，人家怎么不难受！"孩子们见提到本问题，龙龙插嘴说："姆妈，奇怪，我昨天做了个梦，梦到张嫂已和一个人结婚，还请我们吃酒。新郎好像是个洋人。她是不是和×伯母一样，都欢喜洋人？"

小虎虎说："可是洋人说她身体长得好看，用尺量过？洋人要哄张嫂，一定也去做官。×伯母答应借巴老伯大床结婚，借不借张嫂？张嫂是只煮不烂的小鸡，皮毛厚厚的，费火费水。做梦只想金钏子，××太太就有一双金钏子。"

小龙的好奇心转到报纸上："报上说大嘴笑匠到昆明来了，是个什么人？是不是在联大演讲逗人发笑的林语堂？"

虎虎还想有所自见："我也做了个怪梦，梦见四姨坐只大船从溪里回来，划船的是个顶熟的人。船比小河大。诗人舅舅在堤上，拍拍手，口说好好，就走开了。我正在提水，水桶上那个米老鼠也看见。当真的。"

虎虎的作风是打趣争强，使龙龙急了起来："唉咦，小弟，你又乱说。你就只会捣乱，青天白日也睁了双大眼睛做梦，不分真假自己相信！"

"一切愿望都神圣庄严，一切梦想都可能会实现。"我想起许多事情。好像面前有一幅涂满各种彩色的七巧板，排定了个式子，方的叫什么，长的象征什么，都已十分熟习。忽然被孩子们四只小手一搅，所有板片虽照样存在，部位秩序可给这种恶作剧完全弄乱了。原来情形只有板片自己知道，可是板片却无从说明。

小虎虎果然正睁起一双大眼睛，向虚空看得很远，海上复杂和星空壮丽，既影响我一生，也会影响他将来命运，为这双美丽眼睛，我不免稍稍有点忧愁。因此为他说了个佛经上驹那罗王子的故事。

“……那王子一双极好看的眼睛，瞎了又亮了，就和你眼睛一样，黑亮亮的，看什么都清清楚楚；白天看日头不眏眼，夜间在这种灯光下还看得见屋顶上小疟蚊。为的是作人正直而有信仰，始终相信善。他的爸爸就把那个紫金钵盂，拿到全国各处去。全国各地年青美丽的女孩子，听说王子瞎了眼睛，为同情他受的委屈，都流了眼泪。接了大半钵这种清洁眼泪，带回来一洗，那双眼睛就依旧亮光光的了！”

主妇笑着不作声，清明目光中仿佛流注一种温柔回答：“从前故事上说，王子眼睛被恶人弄瞎后，要用美貌女孩子的纯洁眼泪来洗，方可重见光明。现在的人呢，要从勇敢正直的眼光中得救。”

我因此补充说：“小弟，一个人从美丽温柔眼光中，也能得救！譬如说……”

孩子的心被故事完全征服了，张大着眼睛，对他母亲十分温驯的望着：

“姆妈，你眼睛也亮得很，比我的还亮！”

三十二年十二月末一天云南呈贡

青色魇

青

半夜猛雨，小庭院变成一片水池。孩子们身心两方面的活泼生机，于是有了新的使用处。为储蓄这些雨水，用作他们横海扬帆美梦的根据地，于是大忙特忙起来了。小鹤嘴锄在草地上纵横开了几道沟把积水引到大水沟后，又设法在低处用砖泥砌成一道堤坝。于是半沟黄浊浊泥水中浮泛了各式各样玩意儿：木条子，沙丁鱼空罐头，牙膏盒，硬纸板，凡在水面飘动的，统统就名叫做船，并赋以船的抽象价值和意义。船在小手搅动脏水激起的漩涡里，陆续翻沉后，压舱的一切也全落了水。照孩子们的说法，即“实物全沉入海底”。这一来，顽童们可慌了，因为除掉他们自己日常用的小玩具外，还有我书桌上黄杨木刻的摆夷小马，作镇纸用的澳洲大宝贝，刻有蹲狮的流鎏金古铜印，自然也全部沉入海底。照传说，落到海底的东西即无着落。几只小手于是更兴奋的，在脏水中搅动起来。过一会儿，当然即得回了一切，重新分配，各自保有原来的一份。然而同时却有一匹手指大的翠绿色小青蛙，不便处置。这原是一种新的发现，若系平时，未必受重视，如今却好和打捞宝物同时出水，为争夺保有这小生物，几只手又有了新的搅水机会。再过不久，我面前就有了一双大眼睛，黑绒绒的长睫毛下酿了一汪热泪，来申诉委屈了。抓起两只小手看看，还水淋淋的；一只手中是那个刚从大海中救回的小木马，一只手就捏住那匹刚从大海中发现的小青蛙，摊开小手掌时，小生物停在掌中心，恰如一只绿玉琢成的眼睛。

“根本是我发现的，大哥不承认。……于是我们就战争了。他故意浇水到我眼睛里，还说我不讲道理。我呢，只浇一点儿水到他身上，并不多。”

我心想，“一到战争总是有理由的，这世界！”不由得不笑了。我说：“嗨嗨，小虎虎，不要为点点事情就战争！不许他浇脏水到眼睛中去，好看的眼睛自然要好好保护它才对。可是你也不必哭，女孩子的眼泪才有作用！你可听过一个大伙儿女人在一块流眼泪的故事？……”

所有故事都从同一土壤中培养生长，这土壤别名“童心”。一个民族缺少童心时，即无宗教信仰，无文学艺术，无科学思想，无燃烧情感，实证真理的勇气和诚心。童心在人类生命中消失时，一切意义即全部失去其意义。

白

凡冒险事情都使人兴奋，可是最能增加见闻满足幻想的，却只有航海。坐了一只船向远无边际的海洋中驶去时，一点接受不可知命运所需要的勇敢，和寄托于这只船上所应有的荒谬希望，可以说，把每个航海的人都完全变了。那种不能自主的行止，以及与海上陌生事物接触时的心情，都不是生根陆地的人所能想象的。他将完全如睁大两眼做一场白日梦，一直要回到岸上才能觉醒。他的冒险经验，不仅仅将重造他自己的性情和人格，还要影响到别的更多的人兴趣和信仰。

就为的是冒险，有如那么一只海船，从一个近海码头启碇，向一个谁也想象不到的彼岸进发了。这只船行驶到某一天后，海上忽然起了大风。船在大海中被风浪播扬，真像是小水塘中的玩意儿被顽童小手搅动后情景。到后自然是船翻了，船上人千方百计从各处找来的宝物，全部落了水。船上所有人也落了水。可是就中却有一个冒险者，和他特别欢喜的一匹白马，同被偶然而来的一个海浪送到了岛屿的岸边。就岛上种种光景推测，背海向内地走去，必然会和人碰头。必须发现人，这种冒险也才有变化，有结束，唯一的办法，自然就是骑了这匹白马，向内陆进发，完成这种冒险的行程。

这匹马长得多雄骏！骨相和形色，图画上就少见。全身白净，犹如海滩上的贝壳。毛色明净光莹处，犹如碧空无云，天上的满月，如阿耨达池中的白莲花。走动时轻快不费气力，完全像是一阵春天的好风。四脚落地的均匀节奏，使人想起千年前历史上那个第一流鼓手。这鼓手同时还是个富于悲剧性的聪明皇帝，会恋爱又懂音乐，尤其欢喜玩羯鼓。在阳春三月好风光里，鼓声起处，所有含苞欲吐的花树，都在这种节奏微妙鼓声中，次第开放。

白马驶过一片广阔平原，向一个城市走去。装饰平原到处是各种花果的树林；花开得如锦绣堆积，红白黄紫，各自竞妍争美。缀在树枝上的果子，并把树枝压得弯弯的，过路人都可随意采摘。大路两旁，用作行路人荫蔽的嘉树，枝叶扶疏，排列整齐，犹如受过极好训练的兵队。平原中到处还有各式各样的私人花园别墅，房屋楼观，款式都各有匠心点缀上清泉小池，茂树奇花。五色雀鸟在水边花下和鸣，完全如奏音乐。耳目接触，使人尽忘行旅疲劳和心上烦忧。城在平原正中，用半透明玉石砌成，五色琉璃作绿饰，峻洁壁立，秀拔出群，犹如一座经过削琢的冰山。城既在平原上，因之从远处望去时，又仿佛一阵镶有彩饰的白云，凭空从地面涌起。城市的伟大和美丽，都已超过一切文学的形容，所以在任何人的眼目中，也就十分陌生。

这城原来就是历史上最著名的阿育王城，这一天且是传说中最动人的一天。这个冒险者骑了他的白马，到得城中心时，恰好正值城中所有年青秀美尚未出嫁女孩子，集合到城中心大圆场上，为同一事件而哀哭。各自把眼泪聚集入金、银、玉、贝、珊瑚、玛瑙等等七宝作成的小盒中，再倾入一个紫金钵盂里。

一切见闻都比梦境更荒唐不可思议，然一切却又完全是事实，事实增加冒险者的迷惑，不知从何取证。冒险者更觉得奇异，即问明白，使得这些年青美貌女孩子的哭泣，原来是为了另一个陌生男子一双眼睛。只为的一双眼睛！

黄

阿育王是历史上一个最贤明的国王，既有了做帝王所应有的智慧和仁爱，公正与诚实，因之凡做帝王所需要的一切，权势和尊荣，财富和土地，良善人民和正直大臣，也无不完全得到。但是就中有一点缺陷，即年近半百，还无儿子。一个帝王若没有儿子，在历史上留下的记载，必然是国中有势力的大族，趁这个贤王年龄衰老时，因争夺继承发生叛变和战争，国力由消耗而转弱，使敌国冤家乘隙侵入，终于亡国灭祀。为避免历史悲剧的重演，唯一方式即采用宗教仪式向神求子。阿育王本不信神，但为服从万民希望，不得已和皇后莲花夫人同往国中最大神庙祈祷许愿，并往每一神像前瞻礼致敬。庄严烦琐的仪式完毕，回到别院休息时，忽闻有驹那罗鸟在合欢树上歌呼。阿育王心里想："若生儿子，一双眼睛应当如驹那罗鸟眼俊美有神，方足威临八方。"回宫不久，皇后果然就有了身孕。足月时生产一男孩，满房都有牛头楠檀奇异馥郁香气，长得肥白健壮，有三十二相，八十种好。尤其使阿育王夫妇欢喜的，就是那双眼睛，完全如驹那罗眼睛。因到神庙去还愿酬神，并在神前为太子取名

“驹那罗”。总管神庙的卜筮，预知这个太子的眼睛和他一生命运大有关系，能带来无比权势也能带来意外不幸，就为阿育王说，“眼无常相”法，意思是——

“凡美好的都不容易长远存在，具体的且比抽象的还更脆弱。美丽的笑容和动人的歌声，反不如星光虹影持久，这两者又不如某种观念信仰持久。英雄的武功和美人的明艳，欲长远存在，必与诗和宗教情感结合，方有希望。但能否结合，却又出于一种偶然。因人间随时随处，都有异常美好的生命，或事物消失，大多数即无从保存。并非事情本身缺少动人悲剧性，缺少的只是一个艺术家或诗人的情绪，恰巧和这个问题接触。必接触，方见功。这里‘因缘’二字有它的庄严意义。‘信仰’二字也有它的庄严意义。记住这两个名词对人生最庄严的作用，在另外一时，就必然发生应有的作用。”

这卜筮说的话，似可解不可解。说过后，即把佛在生时沿门乞食的紫金钵盂，送给阿育王，并嘱咐他说：“这东西对王子驹那罗明天大有用处。好好留下，将来可以为我说的预言作证！”

金

驹那罗王子在良好教育和谨慎保护下，慢慢长大，到成年时，一切传说中王子的好处，无不具备。一双俊美眼睛，实比一切诗歌所赞美的人神眼睛，还更明亮更动人。国中所有年青美丽女孩子因为普遍对于这双眼睛发生了爱情，多迟延了她们的婚姻。驹那罗自己也因这双出奇的眼睛和多少人的希望与着迷，始终未婚。若我们明白那个大城中的年青女孩子数目，是用万来计数的时，会明白这双眼睛所引起的问题，已复杂到什么情形。

按照当时的风俗，阿育王宫中应当有一万妃子，而且每一位妃子入宫因缘，都必然有一种特征和异相。最后一个入宫的妃子，名叫“真金夫人”。全身是紫金色，光华煜煜，且有异香，稀世少见。当时有婆罗门相师为王求妃，找国内名师高手铸就一躯金相，雄伟奇特，举行全国，并高声唱言：“若有端正殊妙女人，得见金神礼拜者，将以虔信，得神默佑，出嫁必得好婿。”全国士女，一闻消息，于是各自妆饰，穿锦绣衣，璎珞被体，结伴同出，礼拜金神。惟有这个女子，志乐闲静，清洁其心，独不出视。经女伴再三怂愿，方穿着日常弊衣，勉强随例参谒。不意一到神前，按照规仪将随身衣服脱去时，一身紫金色光明，映夺神座。婆罗门相师一见，即知惟有这个女子堪宜作妃。随即用隆重礼节聘入王宫。这妃子不仅长得华艳绝人，且智意流通，博识今古，明辨时政，兼习术数。就为这种种原因，深得阿育王爱敬信托。然亦因此，即与驹那罗王子势难并存。推其原因，还由于爱。王妃在入宫以前，即和国内其他女子一样，爱上了驹那罗那双眼睛。若两人相爱，可谓佳偶天成。但名分已定，驹那罗王子对之只有尊敬，并无爱情。妃子对之则由爱生妒，由妒生恨，不免孕育一点恶心种子。凡是种子，在雨露阳光中都能长生的。驹那罗有见于此，心怀忧惧，寝食难安，问计于婆罗门相师。婆罗门为出主意，调虎离山，因此向阿育王请求出外就学。

过后不久，阿育王害了一种怪病，国内医生无法医治，宣告绝望。这事情若照国家习惯法律，三个月后，驹那罗王子即将继承王位，当国执政。聪明美慧妃子一听这种消息，心知驹那罗王子若真当国执政，第一件事，即必然是将自己放逐出宫。因此向监国大臣宣称，她能治王怪病，“请用三个月为期。到时若无好转，愿用身殉国王，死而无怨”。一面即派人召集国内良医，并向国内各处探听，凡有和阿育王相同病症的，一律送来疗治，恰好有一女孩，病症相同。妃子即令医士用女孩作试验，吃种种药，最后吃葱，药到虫出，怪病即愈。阿育王经同样治疗，病亦得痊。因向妃子表示感激之忱，以为若有心愿未遂，必可使之如愿。妃子趁此就说“国王所有，我无不有，锦衣玉食，我无所需！由于好奇我想做七天国王，别无所求！”即得许可，第一件事即假作阿育王一道命令，给驹那罗王子。命令上说：“驹那罗王子，犯大不敬，宣处死刑。今特减等，急将两眼挑出，令到遵行，不许稍缓。限期三日，回复王命。”按照习惯，这种重要文件，必有阿育王齿上印迹，才能生效，妃子趁阿育王睡眠，盗取齿印。王在梦中惊醒，向妃子说：

“事真希奇，我梦见一只黑色大鸷鹰，啄害驹那罗两只眼睛。”

妃子说：“梦和事实，完全相反，王子安乐，何必忧心？”妃子哄阿育王睡定，欲取齿印时，王又惊醒，向妃子说：“事实希奇，我又梦见驹那罗头发披散，面容憔悴，坐在地上哭泣，两眼成为空洞，可怕可怕。”

“梦哭必笑，梦忧则吉，卜书早已说过，何用多疑？”

妃子依然用谎话哄王安睡。睡眠熟时，即将齿印盗得，派一亲信仆人，乘日行七百里驿传，赍送命令，到驹那罗王子所在总督处。总督将命令转送给驹那罗王子，验看明白，相信一切真出王意，即便托人传语总督，请求即刻派人前来执行。可是全省没有人肯作这种蠢事。另悬重赏，方来一外省无赖流氓，贪图赏赐，报名应征。人虽无赖，究有人心，因此到执行时，依然迟迟不忍动手。

驹那罗王子恐误王命，鼓励他说："你勇敢点，只管下手，先挑右眼，放我手心！"一眼出后在场人民，都觉痛苦损失，不可堪忍。热泪盈眶，如小孩哭。驹那罗王子忘却本身痛苦，反向众人多方安慰，以为同受试验，亦有缘法。两眼出后，驹那罗王子向人民说："美不常住，物有成毁，失别五色，即得清净；得丧之际，因明本性。破甑不顾，事达人情，拭去热泪，各营本生！"那流氓眼见这种伟大悲剧，异常感动，自觉作了一件愚蠢无以复加事情，随即扼喉自杀死去。妃子亲信，即将那双眼睛，贮藏于一个小小七宝盒中，带回宫中复命。

"驹那罗，驹那罗，你既不在人间，就应当永远在我心里！"妃子由于爱恨交缚，便把那双眼睛吞下了。

紫

驹那罗既失去双眼成盲人后，不能继续学问，因此弹琴唱歌，自作慰遣。心念父亲年老，国事甚烦，虽有聪明妃子侍侧忠直大臣辅政，究竟情形，实不明白。因辗转而行，沿路乞丐，还归京都。到王宫门外时，不得入宫，即在象坊中暂时寄身，等待机会。半夜中忽听两个象奴陈述国情，以及阿育王一生功德。奇病痊愈，得力于王妃智慧多方。代王执政七天，开历史先例，并认为一年以内，国王从不处罚任何臣民，以德化治，国内平安，真是奇迹。驹那罗就耳中所闻，证本身所受，心中疑问，不能自解，因此中夜弹琴娱心，并寄幽思。阿育王忽闻琴声，十分熟习，似驹那罗平时指法，惟曲增幽愤，如有所诉。即派人四处找寻，才从象坊一角发现这个两眼失明枯瘦如人腊的王子。形容羸弊，衣裳败坏，手足生疮，且作奇臭，完全失去本来隽美。因问驹那罗：

“你是谁人？因何在此？有何怨苦，欲作申诉？”

“我是驹那罗，阿育王独生子。眼既失明，名只空存。我无怨苦，不欲申诉，惟念父母，因此归来！”

阿育王一听这话，譬如猛火烧心，即刻昏倒地下。用水浇洒，苏醒以后，把驹那罗抱在膝上，一面流泪，一面询问："你眼睛本似驹那罗眼，俊美温柔，明朗若星，才取本名。如今一无所有，应作何等称呼？什么人害你，心之狠毒，到这样子！你颜色这么辛苦憔悴，我实在不忍多看。赶快向我说个明白，我必为你报仇。"

驹那罗说："爸爸你不必忧恼。事有分定，不能怨人，我自造孽，才到今天！三月前得你命令，齿印分明，说我犯大不敬，于法应诛，将眼挑出，贷免一死。既有王命，何敢违逆？"

阿育王说："我可发誓，并无这种荒悖命令。此大罪恶，必加追究，得个水落石出，我方罢休！"

一经追究，随即知道本原。真金夫人因爱生妒，因妒生毒，毒害之心，滋长繁荣，于是方有如彼如此不祥事件发生。供证分明，无可辩饰，阿育王一身火发，因向妃子呼骂说："不吉恶物，何天容汝，何地载汝！你心狠忍，真如蛇蝎，螫人至毒，死有余辜！不自陨灭，天意或正有待！"因此即刻把这妃子督禁起来，准备用胡胶紫火烧杀后，再播扬灰尽，使之在空中消失，表示人天共弃。

阿育王因思往事，想起过去种种，先知所说眼无常相法，即有预言。又想起那个紫金钵盂，及先知所谓“因缘”、“信仰”等等名词意义。当即派一大臣，把那紫金钵盂带到大街通衢人民荟萃热闹处所，向国人宣示驹那罗王子所遭不幸经过。“本身失明，犹可摸索，循墙而走，不至倾跌。一国失明，何以作计？”都人士女，闻此消息，多如突闻霹雳，如呆如痴，迷闷怅惘，不知自处。至若年青妇女更觉心软如蜡，难以自持。加之平昔对其爱慕，更增悲酸。日月于人，本非嫡亲，一旦失明，人即如发狂痫，敲锣击缶，图作挽救。今驹那罗王子，两目丧失，日夜不分，对于眉目肢体美丽自信女子，如何能堪？因此齐集广场，一申哀痛。热泪盈把，挹注小盒，盒盒充足，转注紫金钵盂，不一时许，钵盂中清泪满溢。阿育王忧戚沉痛，手捧钵盂，携带驹那罗王子，同登一坛台上，向众宣示：“眼无常相，先知早知，因爱而成，逢妒而毁，由忧生信，从信生缘。我儿驹那罗双眼已瞎，人天共见。今我将用这一钵出自国中最纯洁女子为同情与爱而流的纯洁眼泪，来一洗驹那罗盲眼。若信仰二字，犹有意义，我儿驹那罗双眼必重睹光明，亦重放光明。若信仰二字，早已失去其应有意义，则盲者自盲，佛之钵盂，正同瓦缶，恰合给我儿驹那罗作叫化子乞讨之用！”

当众一洗之后，四方围观万民，不禁同声欢呼：“驹那罗！”原来这些年青女子为一种共同信仰，虔诚相信盲者必可得救。愿心既十分单纯真诚，人天相佑，奇迹重生，驹那罗一双眼睛，已在一刹那顷回复本来，彼此互观，感激倍增，全城年青女子，因此连臂踏歌，终宵欢庆。

探险者目睹这回奇迹，第一件事，即将那匹白马献给阿育王，用表尊敬。至于驹那罗王子呢，第一件事，即请求国王赦免那一位美貌非凡，才知聪明用不得其正的妃子，从胡胶柴火中把她救出。……

黑

我那小木马，重新又放到书桌边，成为案头装饰品之一了。房室尽头远近水塘，正有千百小青蛙鸣声聒耳。试数数我桌上杂书，从书页上折角估计，才知道我看过了《百缘经》，《鸡尸马王经》，《阿育王经》，《付法藏经》……

跟前一片黑，天已垂暮。天末有一片紫云在燃烧。一切都近于象征。情感原出于一种生命的象征，离奇处是它在人生偶然中的结合。以及结合后的完整而离奇形式。它的存在实无固定性，亦少再现性。然而若附于一个抽象名词上去求实证时，“信仰”，却有它永远的意义。信仰永存。我们需要的是一种明确而单纯的新的信仰，去实证同样明确而单纯的新的共同愿望。人间缺少的，是一种广博伟大悲悯真诚的爱，用童心重现童心。而当前个人过多的，却是企图用抽象重铸抽象，那种无结果的冒险。社会过多的，却是企图由事实重造事实，那种无情感的世故。情感凝固，冤毒缠绕，以及由之而生的切齿憎恨与相互仇杀。

有一点想象的紫火在燃烧中，在有信仰的生命里继续燃烧中；在我生命里也在许多人生命里，我明白，我知道。但是待毁灭的是什么？是个人不纯粹的爱和恨，还是多数的愚蠢和困惑？我问你读者。

时 间

一切存在严格的说都需要“时间”。时间证实一切，因为它改变一切。气候寒暑，草木荣枯，人从生到死，都不能缺少时间，都从时间上发生作用。

常说到“生命的意义”或“生命的价值”。其实一个人活下来真正的意义同价值，不过是占有几十个年头的时间罢了。生前世界没有他，他是无意义无价值可言的。活到不能再活死掉了，他没有生命，他自然更无意义无价值可言。

正仿佛多数人的愚昧同少数人的聪明，对生命下的结论差不多都以为是“生命的意义同价值是活个几十年”，因此都肯定生活，那么吃，喝，睡觉，吵架，恋爱，……活下来等待死，死后让棺木来装殓他，黄土来掩埋他，蛆虫来收拾他。

生命的意义解释得既如此单纯：“活下来，活着，倒下，死了”，未免太可怕了。因此次一等的聪明人，同次一等的愚人，对生命意义同价值找出第二种结论，就是“怎么样来耗费这几十个年头”。虽更肯定生活，那么吃，喝，睡觉，吵架，恋爱，……然而生活得失取舍之间，到底也就有了分歧。这分歧是一看即明白的。大别言之，聪明人要理想生活，愚蠢人要习惯生活。聪明人以为目前并不完全好，一切应比目前更好，且竭力追求那个理想。愚蠢人对习惯完全满意，安于习惯，保护习惯。（在世俗观察上，这两种人称呼常常相反，安于习惯的被呼为聪明人，怀抱理想的人却成愚蠢家伙。）

两种人既同样有个“怎么样来耗费这几十个年头”的打算，要从人与人之间找寻生存的意义和价值，即或择业相同，成就却不相同。同样想征服颜色线条作画家，同样想征服乐器声音作音乐家，同样想征服木石铜牙及其他材料作雕刻家，甚至于同样想征服人身行为作帝王，同样想征服人心信仰作思想家：一切结果都不会相同。因此世界上有大诗人，同时也就有蹩脚诗人，有伟大革命家，同时也有虚伪革命家。至于两种人目的不同，择业不同，那就更容易一目了然了。

看出生命的意义同价值，原来如此如此，却想在生前死后使生命发生一点特殊意义同价值，心性绝顶聪明，为人却好像傻头傻脑，历史上的释迦，孔子，耶稣，就是这种人。这种人或出世，或入世，或革命，或复古，活下来都显得很愚蠢，死过后却显得很伟大。屈原算得这种人另外一格，历史上这种人并不多，可是间或有一个两个，就很像样子了。这种人自然也只能活个几十年，可是他的观念，他的意见，他的风度，他的文章，却可以活在人类记忆中几千年。一切人生命都有个时间限制，这种人的生命又似乎不大受这种限制。

话说回来，事事物物要时间证明，可是时间本身却是个极其抽象的东西。从无一个人说得明白时间是个什么样子。

“时间”并不单独存在。时间无形，无声，无色，无臭。要说明时间的存在，还得回头从事事物物去取证。从日月来去，从草木荣枯，从生命存亡找证据。正因为事事物物都可为时间作注解，时间本身反而被人疏忽了。所以多数人提问到生命的意义同价值时，没有一个人敢说“生命意义同价值，只是一堆时间”。

“前不见古人，后不见来者”，这是一个真正明白生命意义同价值的人所说的话。老先生说这话时心中很寂寞！能说这话的是个伟人，能理解这话的也不是个凡人。目前的活人，大家都记着这两句话，却只有那些从日光下牵入牢狱，或从牢狱中牵上刑场的倾心理想的人，最了解这两句话的意义。因为说这话的人生命的耗费，同懂这话的人生命的耗费，异途同归，完全是为事实皱眉，却胆敢对理想倾心。

他们的方法不同，他们的时代不同，他们的环境不同，他们的遭遇也不同，相同的他们的心，同样为人类而跳跃。

沉 默

读完一堆从各处寄来的新刊物后，仿佛看完了一场戏，留下种热闹和寂寞混和的感觉。

我沉默了两年。这沉默显得近于有点自弃，有点衰老。是的。古人说："玩物丧志"，两年来我似乎就在用某种癖好系住自己。我的癖好近于压制性灵的碇石，铰残理想的剪子。需要它，我才能够贴近地面，不至于转入虚无。我们平时见什么作家搁笔略久时，必以为"这人笔下枯窘，因为心头业已一无所有"。我这枝笔一搁下就是两年。我并不枯窘。泉水潜伏在地底流动，炉火闷在灰里燃烧，我不过不曾继续用它到那个固有工作上罢了。一个人想证明他的存在，有两个方法：其一从事功上由另一人承认而证明；其一从内省上由自己感觉而证明。我用的是第二种方法。我走了一条近于一般中年人生活内敛以后所走的僻路。寂寞一点，冷落一点，然而同别人一样是“生存”。或者这种生存从别人看来叫作“落后”，那无关系。两千年前的庄周，仿佛比当时多少人都落后一点。那些人早死尽了，到如今，你和我读《秋水》《马蹄》时，仿佛面前还站有那个落后的人。

我不写作，却在思索写作对于我们生命的意义。我想起三千年来许多人，想起这些人如何使用他那一只手。有些人经过一千年三千年那只手还俨然有力量能揪住多数人的神经或感情，屈抑它，松弛它，绷紧它，完全是一只魔手。每个人都是同样的一只手，五个指头，尖端缀一枚覆椀形的淡红色指甲，关节处有一些微涡和小皱，背面还萦绕着一点隐伏在皮肤下的青色筋络。然而有些人的手却似乎特有魔力。是不是我们每个人都可以把自己的手变成一只魔手？是不是只要我们愿意，就可以把自己一只手成为光荣的手？

我知道我们的手，不过是人类一颗心走向另一颗心的一道桥梁。作成这桥梁取材不一，也可以用金玉木石（建筑或雕刻），也可以用颜色（绘画），也可以用文字，用各种不同的文字。也可以单纯进取，譬如说，当你同一个青年女子在一处，相互用沉默和微笑代替语言犹有所不足时，它的小小活动就能够使一颗心更靠近一颗心。既然是一道桥梁，借此通过的自然就贵贱不一。将军凯旋由此通过，小贩贸易也由此通过。既有人用它雕凿大同的石窟，和阗的碧玉，也就有人用它编织芦席，削刮小挖耳子。故宫所藏宋人的《雪山图》、《洞天山堂》等等伟大画幅，是用手作成的，上海四马路小弄堂转角处叫卖的小画儿，也是用手作成的。《史记》是一个人写的，《肉蒲团》也是一个人写的。既然是一道桥梁，通过的当然有各种各色的人性，道德可以通过，罪恶也无从拒绝。

提起道德和罪恶，使我感到一点迷惑。我不注意我这只手是否能够拒绝罪恶，倒是对于罪恶或道德两个名词想仔细把它弄清楚些。平时对于这两个名词显得异常关心的人，照例却是不甚追究这两个名词意义的人。我们想认识它；如制造糕饼人认识糕饼，到具体认识它的无固定性时，这两个名词在我们个人生活上，实已等于消灭无多意义了。人人都说艺术应当有一个道德的要求，这观念假定容许它存在，创作最低的效果是给自己与他人以人性交流的满足，由满足而感觉愉快，这效果的获得，可以说是道德的。造一点小小谣言，诪张为幻，通常认为不道德，然而倘若它也能给某种人以满足，也间或被一些人当作“战略”，看来又好像是道德的了。道德既随人随事而有变，它即或与罪恶是两个名词，事实上就无时不可以对调或混淆。一个牧师对于道德有特殊敏感，为道德的理由，终日手持一本《圣经》，到同夫人豁勃，这豁勃且起源于两人生理上某种缺陷时，对于他最道德的书，倒是一本讨论关于两性心理如何调整的书。一个律师对于道德有它一定的看法，当家中孩子被沸水烫伤时，对于他最道德的书，倒是一本新旧合刊的丹方大全。若说道德邻于人类向上的需要，有人需要一本《圣经》，有人需要一本《太上感应篇》，他，我的一个密友，却需要我写一封甜蜜蜜充满了温情与一点轻微忧郁的来信。因为他等待着这个信，我知道！如说多数需要是道德的，事实上多数需要的却照例是一个作家所不能给的。大多数伟大作品，是因为它"存在"，成为多数需要。并不是因为多数需要，它因之"产生"。我的手是来写一本《圣经》，一本《太上感应篇》，还是好好的回我那个朋友一封信？很明显的是我可以在三者之间随意选择。我在选择。但当我能够下笔时，我一定已经忘掉了道德和罪恶，也同时忘了那个多数。

我始终不了解一个作者把"作品"与为"多数"连缀起来，努力使作品庸陋，雷同，无个性，无特性，却又希望它长久存在，以为它能够长久存在，这一个观念如何能够成立。溪面群飞的蜻蜓够多了，倘若有那么一匹小生物，倦于骚扰，独自休息在一个岩石上或一片芦叶上，这休息，且是准备着一种更有意义的振翅，这休息不十分坏。我想，沉默两年不是一段长久的时间，若果事情能照我愿意作的作去，我还必需把这分沉默延长。

这也许近于逃遁，一种对于多数骚扰的逃遁。人到底比蜻蜓不同，生活复杂得多，神经发达得多。也必然有反应，被刺激过后的反应。也必然有直觉，基于动物求生的直觉。但自然既使人脑子进化得特别大，好像就是要人凡事多想一想，许可人向深处走，向远处走，向高处走。思索是人的权利，也是人其所能生存能进步的工具。什么人自愿抛弃这种权利，那是个人的自由，正如一个酒徒用剧烈酒精燃烧自己的血液，是酒徒的自由。可是如果他放下了那个生存进步的工具，以为用另外一种简单方式可以生存，尤其是一个作者，一个企图用手作成桥梁，通过一个理想，希望作品存在，与肉体脱离而独立存在，与事实似乎不合。自杀不是求生的方式，谐俗也不是求生的方式。作品能存在，仰赖读者，然对读者在乎启发，不在乎媚悦。通俗作品够在读者间存在的事实正多，然通俗与庸俗却又稍稍不同。无思索的一唱百和，内容与外形的一致摹仿，不可避免必陷于庸俗。庸俗既不能增人气力，也不能益人智慧。在行为上一个人若带着教训神气向旁人说：人应当用手足同时走路，因为它合乎大多数的动物本性或习惯。说这种话的人，很少不被人当作疯子。然而在文学创作上，类似的教训对作家却居然大有影响。原因单纯，就是大多数人知道要出路，不知道要脑子。随波逐流容易见好，独立逆风需要气力。

我觉得我应当努力来写一本《圣经》了，这经典的完成，不在增加多数人对于天国的迷信，却在说明人力的可信。使一些有志从事写作者，对于作品之生长，多有一分知识。希望个人作品成为推进历史的工具，这工具必需如何造作，方能结实牢靠，像一个理想的工具。我预备那么写下去，第一件事每个作家先得有一个能客观看世界的脑子。可是当我想起是不是这世界每个人都自愿有一个脑子，都觉得必需有个脑子时，我依然把笔搁下了。人间广泛，万汇难齐。沮洳是水作成的，江河也是水作成的；橘柚宜于南国，枣梨生长北方，万物各适其性，各有其宜，应沉默处得沉默，古人名为顺天体道。

十月八日北平

谈 人

凝眸人间，我们看到人的活动比较深广时，总不知不觉会发生悲悯心。百物万汇，如此不同，朱紫驳杂，光色交错，论复杂，真是不可思议。然而人各有所蔽，又各易为物诱，因之各有是非爱憎。虽贤愚巧钝，智力悟性相去甚远，思想感情，归纳出来，还不外某几种方式。

人与人似乎不可分。“同情关心”与“敌视对立”，实二而一，同为生命对于外物的两种反应。恰好如春天和冬天，寒暖交替，两不可缺。苦乐乘除，方能够把人格扩大，情感淘深。生命中若仅有嘻嘻哈哈，这人一定变傻，若仅有蹙眉忧愁，这人一定会迂而疯。

俨若上帝派定，人都极自然的对于某事发生同情，某人感到敌对。人最怕淡漠，怕不理会，怕当他或她在你面有所表现时，不问好意或恶意，你总视若无睹，听若无闻，行动若无所谓。不反对，不赞同。尤其是某一种人，正存心盼望你注意，而你伪不注意，或所作所为，他人已俨然看得十分重要，你却表示毫不关心。你这种对人对事极端淡漠的态度，实在很容易伤他们的心。在某种情形下，譬如说，同在写文章的情形下吧，对人淡漠将引起多少不必有的怨恨和误会，就个人十年来的经验，说起来真是不胜举例，感慨系之，只看看和淡漠相反的“关心”，对人对事“同情”或“敌对”产生什么现象，就可明白过半了。

如鲁迅，可说是个对人充满同情也充满敌对心的人，不特得过他的好处益处或可以利用利用他的作家，书店经理，对于他的死亡，感到极大的损失。便是玩政治的，帮闲跑龙头套的漠不相干的，甚至于被骂过的，如《二丑艺术》所提到的几种人，不是也俨然对于他的死亡，说是感到极大的损失吗？他逝世二周年时，四川某处地方，曾举行一个纪念会，开会行礼如仪后，有个商会执行委员，洋货店老板，上台去作了一点钟的演讲。语气激昂中肯，博得台下许多次鼓掌。凡熟习纪念会的，自然都明白话应当怎么说，方能有效果。属于丧吊总不外“这人是我先觉，是为我们民族而死，我们一定要照他所作的作去，完成未竟之功”。措词尽管十分笼统，还是无妨。因为这商会委员话说得极有道理，下台后于是就有几个年青朋友去向他请教，问他“如何学习鲁迅。鲁迅写了些什么书，那一本书写得最好，最值得取法?”那大老板这一来可给愣住了。完全出他意料以外。他结结巴巴的说：“这个这个慢慢的讨论吧。这位鲁先生我实在不认识，他会写小说？我以为他是个革命家。”真料想不到的是鲁迅生前常常骂过这种人，这种人却来演讲，当他姓鲁，一口气说了一点钟！博得旁人许多次数鼓掌。他自己也异常开心。这个笑话说起来并不可笑，实在使人痛苦。因为这种事不仅四川发生过，上海或香港另外一个地方，也可能发生。不仅鲁迅纪念会有这种情形，别的什么会也必然常常有相似情形。记得数月前朋友□□□女士追悼会，有个人讲到艺术家，就把梅兰芳、李惠堂、张恨水和“在场各位”拉在一处。事实上“在场各位”都是另外一种人。大家都不明白他说的是什么意思。我们这个社会，本来即充满痛苦的现象，许多人间喜剧若从深处看，也都令人油然生悲悯心。好像心中会发生一个疑问：“难道这就是人生吗?”同时心上还将回答：“是的，这就叫作人生，真正原样的人生。但并不是全部，是一部分。”

因为人最怕淡漠，对淡漠不能忍受，所以易“轻信”与“疑心”。有些人你平时对他不大熟，或有意无意逃避过他，使他感到你不会同他相熟时，你若写点什么文章发表，说的虽是人类极普遍的弱点或优点，一种共通的现象，他总容易附会到自己头上去。话说得好，他终生受用，说得不好，他以为你骂了他，钉在心子上永拔不去。你倘若说真话："这并非骂你，正因为我不论何时都并无机会想起你！"这只有使他更不高兴，就为的是你对他"淡漠"。你不过淡漠而已，他以为是"敌对"。

数月前我曾写过一篇小文章，将社会上到处可以碰头的"假时髦"女子，称为"新式傻大姐"。这种人特点极显明，一眼看来好像很解放，很有知识，很活动，甚至于很时髦，可是你若明白她多一点时，就知道傻为些什么，像个什么了。你领教多时，不会觉得如何可笑，正如你不会如别的人觉得她有何可爱。你只感到人生现象的悲悯，或者对高等教育怀疑。也许还有点儿同情，因为或者不是她对不起高等教育，倒是高等教育委屈了她。文章立论的根据，自然是从千百同一型范女人印象抽出的一个结论。尼采或斯特林堡，莫泊桑或契诃夫，笔下无不有这种女子的素描，供我们欣赏。不过说法各有不同罢了。但都具有同一情形，即悲悯。总好像要说："上帝，你这是什么意思?""轻信"与"疑心"既占有许多女人情绪大部分，尤其是轻信，她因之在年青时照例能听到许多莫名其妙的谄谀，忘了自己，但自己虽忘了，却希望别人谈着她。

我们不能否认，身前左右假时髦实在很多。我们对于肯朴素读书做人的女子，十分尊敬，对于“假时髦”，慢慢的都会敬而远之。可是古语说：“察渊鱼者不祥”，你懂她，可别说她。为的是假时髦不会因之变好，凡好表面时髦的她将生疑心。说不定且会因之变坏。

艺术教育

一个对“艺术”有兴味，同时对“艺术教育”还怀了一点希望的人，必时常碰着两件觉得怪难受的事情，其一是在街头散步，一见触目那些新式店面“美术化”的招牌，其一是随意遛进什么南纸店，整整齐齐放在玻璃橱里的“美术化”文具。见到这个不能不发生感慨，以为当前所谓“美术化”的东西，实在太不美，当前制作这些“美术化”玩意儿的人物，也实在太不懂美了。即小见大，举一反三，我们就明白中国艺术教育是个什么东西，高等艺术教育有了些什么成绩。且可明白中学生和多数市民，在艺术方面所受的熏陶，通常具有一种什么观念。因为有资格给照相馆或咖啡馆商店作门面装饰设计，市招设计，照例是艺术专门学校的毕业生。新式文具设计也多是这种人物，享用这些艺术品而获“无言之教”的，却是那个“大众”。这人若知道这些艺术家，不仅仅只是从各种企业里已渐渐获有地位，而且大部分出了专科学校的大门，即迈入各地中学校的大门，作为人之师，来教育中学生“什么是艺术”，他会觉得情形真是凄惨而可怕。

这自然是事实，无可奈何的事实。可不能责怪学艺术的人。即或真如一般人所说，有若干人入艺术学校，只为的是功课平均起来无从考入正当大学，艺专是程度较差学生的尾闾，也不能责怪他们。应负责的还是历届最高教育当局，对艺术教育太不认真。虽有那么一个学校，却从不希望他成个像样的学校。这类学校的设立，与其说是为“教育”，不如说是为“点缀”。没有所谓艺术教育还好办，因为属于纯艺术比较少数人能欣赏的，各有它习惯的师承，从事者必具有兴味而又秉有坚苦卓绝之意志，辅以严格的训练，方能有所成就。植根厚，造诣深，成就当然特别大。想独辟蹊径不容易，少数能够继往开来独走新路的，作品必站得住，不是侥幸可致。谁想挟政治势力，或因缘时会，滥竽充数，终归淘汰。属于工业艺术的，也各有它习惯的师承，技巧的获得，必有所本。这种人虽缺少普遍的理解，难于融会贯通，然专精独长，作品也必站得住，不是一蹴可至。到摹仿外来新的成为不可免的问题时，他们有眼睛会如何来摹仿。

一到艺术成为“教育”，三年满师，便得自立门户，这一来可真糟了。

由于教育当局对艺术教育缺少认识，历来私立艺术专门学校，既不曾好好注意监督过，国立的又只近于敷衍，南来一个，北来一个。（或因人而设，在普通大学里又来一系。）有了学校必需校长，就随便委聘一个校长。校长聘定以后，除每年共总花个三四十万块钱，就不闻不问，只等候学校把学生毕业文凭送部盖印，打发学生高升了事。这种艺术教育，想得良好效果当然不可能。这种“提倡”艺术，事实上当然适得其反。原有的无从保存，新来的不三不四。艺术学校等于虚设，中学校图画课等于虚设，因为两者都近于徒然浪费国家金钱，浪费个人生命；更要不得还是从这种“教育”上，丑化了多数人的眼睛同灵魂。

当局的“教育”如此，再加上革命成功后党国名流的附庸风雅，二三狷黠艺术家的自作风气，或凭政治势力，或用新闻政策，煽扬标榜，无所不至。人人避难就易，到处见到草率和急就，粗窳丑陋一变而成为创作的主流。学艺术玩艺术的人越来越多，为的是它比学别的更容易。因之“艺术家”增多，派别也增多，只是真的够称为宏伟制作的艺术品，却已成为一个毫无意义的名词了。人人明白鸦片烟耗损这个民族的体力，可不知所谓“艺术”却真正在堕落这个民族的精神。

这个现象当然不是目前教育当局能负责的。但是当前的教育当局，如果还愿意尽一点责，就必需赶快想法来制止或补救。纵不能作通盘打算，至少也得对现有的艺术教育，重新有种考虑，有个办法。

在街上见到的东西使人难受，想起中学校的图画觉得凄惨，其实我们若到什么艺术学校去参观一下时，才真叫作难受凄惨！私立学校设备的简陋，不用说了。就譬如堂堂北京国立美术专门学校吧，成立了十多年，到如今不特连一座学生寄宿舍没有，据说招生若过三百人，连教室还不够用。问问经费，每月法币一万元。（这数目，不够养两团兵！）看看图画室的收藏书籍和图片，找找这样，没有；找找那样，也没有。再看看上课情形，倘若无意中我们走进去的那间教室是教“图画”的，眼看着那一群“受业”对着“老师”的画稿临摹时，真令人哭笑不得。下课钟响后，我们还不妨在院中拉着一个学生，问一问在这里除临摹以外还看了多少画，听了多少教益，且翻翻他们的讲义看看，结果会叹一口长气。他们即或想多学一点，跟谁去学，从何学起？学校虽给他们请了许多知名之士来作教授，却不曾预备一个能够教育那些教授的图书室。不管是中国画系，西洋画系，图案系，雕塑系，作学生的多得到一点知识，学校既不给他何种机会，教授当然也难给他何种机会。问问能不能到几个收藏古画古器物机关，如故宫古物陈列所一类地方去观摹的特别方便？不成。问问他们能不能到几个聚集图片比较丰富的文化学术机关，如北平图书馆，北平研究院一类地方去观摹的特别便利？也不成。学画的学校就教他们学画，此外无事。试想想，学生多可怜！南方的杭州西湖艺专自然稍好一点，几年来人事上少更动是原因之一。但就个人几年前得来的印象，还是觉得学校对学生教育尚注意，学校对教授的教育，去理想实在还远。教授对自己的教育求进步，不够认真。问题自然是经费和人材，两不够用。

且就图案画来说，一个专家，学校能聘请他，他又居然有勇气作人之师，假若他从事于此道又将近十年，对这方面热烈求知的趣味，至少会有如下的小小储蓄：一千种花纸样子，一千种花布样子，一千种锦缎样子，一千种金石花纹图片，一千种雕玉图片，一千种陶瓷砖瓦形体和花纹图片，一千种镂空、浮雕、半浮雕，或立体器物花纹图片，一千种刺绣、缂丝、地毯、窗帘图片，一千种具有民间风俗性的版图画片，一千种具有历史或种族性艺术图片。如今对于这种轻而易举本国材料的收集，不特个人无望，便是求之于学校收藏室也不可得，其余就可想而知了。

笔者深望最高教育当局，对此后中国艺术教育，应当重新有种认识，如年来对于体育教育之认识，而加以重视。政府如以为这种学校不必办，就干脆撤销，一年反可以省出一点钱作别的用途。如以为必需办，就总得把它办得像个学校。目前即或不能够添设高级艺术学校，至少也得就原有几个艺术学校，增加相当经常费用，力图整顿。更必需筹划一笔款项，作为学校应有建设与补充图书费用。此外对于由各种庚款成立的文化团体，每年派遣留学生出外就学事，且应当有一二名额，留作学艺术的学生与艺专教授出国参考的机会。更应当组织一专门委员会，对于某种既不入中学校教书，又不在大学校教书，锲而不舍从事研究，对社会特有贡献的艺术家，给以经济上的帮助和精神鼓励，且对他工作给以种种方便。兼作全国艺术教育的设计，改进中小学的艺术教育。换言之，也就是从消极的敷衍的不生不死的艺术教育，变成积极的有希望求进步的艺术教育。如此一来，虽去不掉当前一切的丑化，还可制止这种丑化的扩大，留下一点光明希望于未来。若再继续放任下去，那就真是教育当局的胡涂，把“堕落这个民族精神”当成一句白话，目前在筹备的全国艺展，也不过是一个应景凑趣玩意儿了。

一月七日

谈进步

原始人对于自然现象，因为知识太简单，不免怀有一种敬畏之忱。这种敬畏之忱就蕴酿宗教情绪。当时人群中材智较高的，知道用符咒魔力集中这种情绪，把仪式和信条来装饰，于是有神以及神的侍奉者（中国的“天子”是异名同实的产物）。宗教虽出于迷信，却促进了人类初期文化或文明，且保持它，扩大它，延长它。

人类理性既逐渐抬头，符咒魔力与宗教尊严自然就逐渐失去它的意义。神、佛、上帝……在人类生活中固有的位置，越来越不重要，时至今日，已再不会成为牺牲流血的对象了。可是人类的宗教情绪，还未到消灭时期，文字日益繁复，又因印刷术的进步，文字便代替了符咒，发生魔力。所以神虽消灭，若干经典，却依然保留它的神性，神或经典的保守者，说明者，还依然有它的特殊权力。直到近代，用各种出版物来宣传的政治思想，且成为归纳人类宗教情绪的尾闾。这种宗教情绪游离无所归宿时，还得依赖艺术和文学，来消除或中和。文学中各种主义的兴起，正说明这种消除与中和的要求，需要如何强烈，如何不断衍变。尤其是浪漫主义文学，效果显明。

弗理契对于浪漫主义文学，有如下的简单说明：

> 浪漫主义是幻想的，它尊重一切神秘的及童话式的东西，尊重一切恐怕的及异常的东西。
>
> 浪漫主义是与农村及所领地相联结的。作品中飘流着农村的空气，连环不断的现出风景来。其中自然的感触及风景画的优越即由此产出。
>
> 浪漫主义是观念的，它以为观念的世界比较物质的世界还更实现些。

法国浪漫主义正宗文学家沙多勃利安的作品成功处，正可以见出它如何很巧妙的处置了那时代法国人的剩余宗教情绪。他的小说《阿达拉》出世后，当时人士竟如疯似狂，且据说讨论它的文字竟多于批评康德哲学文字。一个大批评家说：“神圣的火光于此燃起了。”什么神圣的火光？岂不是说他已用另一格式写成另一经典？

写实主义更进一步，将文学引导到人事一方面来，转而注重中等阶级的风俗和习惯。恰如龚古尔兄弟所说，“在我们民主世纪中，决没有把社会的下层摒弃于文学之外”。佛罗贝尔也说是“小说上民主主义”的东西。为什么？因为民主思想抬了头，新的神圣是人权自由平等。文学也就必需是无悖乎自由平等原则“人道”的，“道德”的。写实主义目的就是提出了一些社会问题，要求读者认识这些问题。它的方法是“观察人们生活”。狄更斯就这样观察人生，精确忠实的描写了社会的生活和风俗。虽名为小说，却引起经典相似的效果。

到近代，不特简单符咒已失去其魔性，即过去用文字写成的经典，也有点陈腐，不甚光辉了。文字既能代替符咒而兴，产生新的魔性，用于政治可燃起人类的宗教热情，用于文学，仅仅是中和这种热情，未免可惜。有人注意到这一点后，于是重新提出一种意见：文学在任何情形下，都应当成为经典，这种经典内容且必需与当前政治理想和伦理理想相通。换言之，文可载道，文学也要载道。于是更新的理论，运应而生。诅咒工业文明与讴歌机械技术同时并存，由“不避俗气”进而为“团结斗争”，如以资本阶级为对象，就成为“社会主义文学”，如以另一个国家另一民族竞争并吞为对象，就成为“民族主义文学”（或法西斯主义文学）。两者表面虽相反，实相同，共通点还是要求文学与当前流行的政治观伦理观密切连接。要求文学社会功用和价值。

文学目的已由中和人类游离宗教情绪，一个附带的位置，变而成为煽动或扩大翻新人类宗教情绪的主要工作，它必需是符咒，是经典。文学既许可人类从它的功用上毫无限制作着一切夸张的梦想，因此一部分人就当真用它来满足种种梦想。

中国是个特别重视文字的国家，对于文字一贯的观念，必遵循经典格言，生存作人，方合正道。文字最根本的用途为“载道”，道有了新旧，问题因之而多。这问题与其说是“社会”问题，不如说是“文字”问题。正因为它在当前的中国，并非全个社会的选择，实在只是一部分人对于“文字”使用的意见。这意见不同处是“保守”好，还是“进步”好？“维持现状混下去”好，还是“想法重造”好？

人类能用文字已是人类的大进步，下面几句话可以代表文化史家对于文字的观察——

人类能创造并利用文字，可以说人类的智慧唯一的成功，其出现不论为原因或为结果，只有此一种因素已可使人类与其他动物完全分开。人类既有文字的发明，所以才可有更大的成功，才可以达到社会合作的程度，各种组织所以能成立，人类所以能用理性的思索而不受传统勒迫，这可说全是文字的功能！（见安宅尔《智慧的进化》）

这种观察表示对于文字在人类进步方面的建设，值得乐观。

文字虽增进人类理性，解除传统的束缚，可是它本身事实上也就是个可以妨碍理性，增加束缚的东西。经典的意义不能不受时间影响，本来的用意，昨日在指示迷途，今日即可能引人趋入迷途。人类固因文字而进步，然文字却为各民族保留一个野蛮残忍、偏持、愚蠢的对立局面——人与人的对立局面。

因为人类观念困囚在文字所造成的各种观念里，方维持这个野蛮嗜杀愚蠢顽固的传统。许多号称文明的国家，无不有对于代表某种思想的书籍拿来当众焚毁之举，正可见出这些统治者对于文字无可奈何的情形。

这问题从“人性”作出发点加以研究便常有如下结论，

一切改革都感到异常困难，因为是“动量太大”，与人类“苟安性”相冲突。非耳格林在他的《史地关系新论》一书里，就讨论到这一点。他以为这个世界支持人类文明所有的能力的耗损与补充时，擅于组织富冒险进取心的白种人，对于取得燃料问题，就处处见出苟安性。由于习惯，容易苟安。由于问题牵动太大，就发生厌嫌和恐怖心理（见本书十九章“将来的可能性”）。他对近代文明且感到悲观，觉得专家虽能够运用脑和手和眼，制作器械，凌空入渊，十分自由，甚至于会测量出遥远星球的重量和大小，然而对于人事弱点的处置，便感到毫无办法。小部分用法令规则可以范围住，大部分却只好交付于千百年前哲人智者留下的经训负责。人类驾驭物质世界的力量尽管大，对于驾驭本性和社会的力量却常常见出无可为力的情形。

因此谈到进步的希望时，另有一种看法，认为非切身利害的逼切，委实无进步可望。提倡技术统治的罗伯，所谈的是人应当如何用技术来控制世界，重新改造这个世界，然而就把一部分改革可能性委之于人力以外的推动。他说：

人类有保守性，通常都怕变动，对于习惯生活是有情感的，而一般拥有例外特权的人（即现在的金钱阶级），更怕有任何变动，危害他们的利益。这二者都妨阻社会组织的转变。

结果，多数的根本的转变，都是环境逼迫的，而不是有理智有计划去推动的，社会制度的进展，好像河流进展一样，先逐渐磨擦，浸蚀了两岸，冲破了堤防，然后在一个大风雨中，破裂发生了，这条河忽然就成功了一条新河道。（见罗伯《技术统治》第三章）

安宅尔对这问题有相同感想：

人类一出生便完全沉落在传统思想，种族习惯，和社会团体严格包围中。这些思想和习惯自其活动的开始，就给了本能和冲动一个扮演的舞台，一言以蔽之，就是给了他一个永久逃不脱的界线。……一般人的保守性异常强烈，不愿再受什么自由思想和创造新习惯的苦恼与危险，在日常生活的沟渠里只要能顺适过去，便算是最得意了。总之，只求因循了事，不肯再受改革的痛苦。

除非自己有切身的利害，一般人都不会去赞助改革事业的成功。（见安宅尔《智慧的进化》）

两种看法都可以说是对于进步的悲观论与消极论。

中国问题可说与世界问题相同，不是逼迫，难望改革。有时且令人觉得即或到了切身利害逼迫时，也不容易作改革的企图。困难原因在中国文化的形式。中国文化表现在用文字制成的历史上，经典上，诗文上，及一切文件上。由于时间长，数量多，留下来的一堆东西，既可满足这个民族中多数读书人，一种历史的自恃与虚荣，且更合乎人性——保守性。就数量言是那么丰富，就所触及问题言是那么宽泛，给国人的意义是“什么都有”，一切新的总仿佛都“早已提到”，一切旧的又都可以敷会成新的。因此切身利害逼迫来到身边，势不能不作改革打算时，一部分人还可以用“固有的”来阻碍它。“保存文化”，成为一个动人的口号，事实上就是保存这个名辞，竟俨然这个民族应为那个“过去光荣”而毁灭，决不许为“未来生存”而努力。再加上一种道家佛家“无所为”“无所谓”的作人思想，倒霉就好像是被注定了。所以比较起来，说到进步，中国情形，尤其令人悲观。

不过话说回来，中国民族既然是个受文字拘束住了的民族，真正进步的希望就依然还建设在文字上。它的理由明白，符咒本可以代替符咒。因为一切进步的观念，想要把它输入国人意识中，形成一种普遍力量，在中国，文字还是一种最简便最容易使用的工具。三十年来的中国，社会与政治不断的变动，康梁的变法运动，陈胡的新文学运动，以至于去年抗战前期一般人的民族自力更生运动，无一不见出这个民族对于文字特有的敏感性，以及文字在这个民族中特有的煽动性。当前的挣扎求生，和明日的建国，文字所能尽的力，实在占据一个极重要的位置。正因当前和明日我们所需要的是多数人脑子中一种新观念，从短时间能建设这个观念，确固这个观念，一种不依赖“过去”，不依赖“他人”民族复兴的自信与自尊观念。或推广这个观念，惟有文字。中国需要进步，倘若进步的理想是：一切腐败不长进观念与行为的扫除刷清，以及求进步时所必需的秩序、组织、技术的重视，最先还应当使多数人明白“进步之不足惧”。想作到这一点，可运用的工具，看来也就只有文字。

文字滥用很容易产生某种纷乱。中国三十年来的过去，求社会进步，处处见出物质的破坏，人力的浪费，都可说是文字滥用发生冲突的结果。文字滥用则得失混淆，尤其是社会组织不健全而又过分重视文字的国家，滥用的影响必然非常之大。因为文字的魔力，可好可坏，恰如克伦所说——

> 文字可以使人流泪，能使板滞的人活动，引起流芳百世的事业，或遗臭万年的行为。文字能使人协助捐输，也能使人执枪射击以前有交谊的朋友。文字能拆毁纯洁的爱情，或使邂逅之遇变成知交，文字可将高尚人格变成卑下，亦能……（见克伦《实用心理学》第一）

关于文字滥用的限制，求之于这个古旧社会法规，和一群无知读者的爱憎取舍，末了反而增加滥用的事实。节制滥用可能的希望，还在使用这个工具本人的觉醒。大多数作者对于文字单一或综合的性质与效率，俱缺少了解，无从控制。因此滥用文字与误用文字都到处可见，无处避免。

文字固然有它的魔力，同时还有它的限制——文字本身和读者间的种种限制。许多怀了雄心与大愿想作征服人类事业的作家，首先就不知道如何去征服文字。结果纵然符咒可以代替符咒，新的符咒终无由而产生。

文字犹如武器，必好好用它，方能见出它的力量。诚如康拉德所说，“给我相当的字，正确的音，我可以移动世界”。同类信心产生歌德，尼采，服尔太，托尔斯泰，以及历史上一切除旧布新的巨人大师。这些人不特征服了同一空间的多数人，并支配了不同时间的多数人。然而这些人获得那个多数以前，是先获得文字的。歌德在他的谈话录里说，“最大的艺术在限制自己”。他如何限制自己？就是练习一种艺术，而巧妙的使用它——即写德文的艺术。歌德并不拘束取得知识的范围，所以认为“一个国王或一个未来政治家，不论他的修养如何广博，都不嫌其多；因为渊博是他的职业。同样，诗人也应力求复杂的知识，因为他是以整个世界为题材的。他应该懂得使用并表现这些题材”。明白文字，选择文字，组织文字，来处置题材，是这个作家对于“一个作家其所以能伟大”的良好意见。

在中国，梦想用文字移动世界作家很多，都以为这个民族文化的基础既建筑在文字上，便可用同样文字来摧毁它，重造它。可是这个世界是什么，他们似乎并不明白的。文字应当如何使用，似乎也不怎么明白的。因此主张多，结论少，纠纷多，成就少，破坏多（并新文学的严庄性也因之破坏），建设少。这点失败的反省，若不能在当前或此后来参加这个工作的作家中，形成一种有力的意见时，将来的“进步”，依然不免是一个空空洞洞的名辞。

凡希望重造一种新的经典，煽起人类对于进步的憧憬，增加求进步的勇气和热情，一定得承认这种经典的理想，是要用确当文字方能奏功的。旧有经典的完成，若用的是有光辉的文字，新经典成功条件之一，便是同样要用那个有光辉的文字来装饰。文字移动世界的企图或许太大了一点，我们无妨像卜吉龄在英国皇家医学会演说时所说的，“我是一个卖字的，文字是人类最有效的药品”，把它当作治痛、救伤、固本、培元的药品。对于中国当前的读者，什么字才可以成为进步有效的药品？应当卖些什么字给他们？多知道一点，来作重新迈步的准备，明日的文学，会不同一点。

一个玩弄符咒的术士，本人决不会为符咒所迷惑，一个作家必需把文字发生符咒魔力，同样不应当畏惧文字。流行庸俗风气调笑风气与各式八股，在作家间的普遍而有力，一面可看出作家的无胆、无识，本身尚充满了迷信，只知人云亦云，所作的事不会有何伟大成就（至多也不过作到剩余宗教情绪的中和，因此使一般读者暂时忘了现实的可哀，与明日的无望）；一面也可看出新的经典的产生，还有待于未来者远见与博识，作更广泛的探讨，与沉默的努力。

迎接秋天

——北平通信

读者诸君，余之通信与诸君疏阔，约计时日，已及半年。中国有古话说，“人生上寿百年”，比较下虽仅仅不过二百分之一，然而近半年来世界变化实在甚大。即说中国事情，在被动和自动中，内战继续进行，已作到杀人千万纪录。爱和平之中华民族，各地中山纪念堂，犹保留开国伟人孙中山博士“和平奋斗救中国”格言。不悉何故，竟若命定不可避免，将和平完全放弃。比如博弈争道，主事人均取决绝果敢英勇无匹之态度，奔赴而前。神经紧韧，实为历史所仅见。而知识充足性情柔和之学人，于是不能不喑哑沉默，无话好说。而仅仅守住上课办事责任，于等待战事自然完结，与政府尊重学术，两种人天境界中徘徊游移。岁月如流，时序代谢，夏去秋来，抢秋之战火又复燃遍各地。圣人不仁，百姓刍狗。吾深知若干学人，虽勉强心硬，作为事不干己，不便过问状态，然心中终必郁郁不舒，特具深忧也。

孔夫子云，“登高望远，使人心悲”。屈原则谓“登大坟抒吾忧心”。或增悲，或散愁，贤哲情形本不尽相同。惟登高所见必甚广大，目睹原隰莽莽，禾黍油油，乱坟荒冢与村落篱树点缀其间，将憬然深悟生灭之理，生命个体至微小短促，历史则绵延不尽。帝王蝼蚁，生存时各有界限，不能混淆，到末了却同归于尽，成尘成土。而土地一片，复永远宜有青春生命，耕耘生聚其间。前一代若领导得人，高明博大，远见深思，心公而慈，则下一代人民必健康活泼，幸福乐生；前一代若治理无方权谲用术，……则下一代人民必萎悴穷困，堕落不振。中国尚有一句旧话说，“三十年为一世”，看看当前，即可知中国此一世，统治方式实大有毛病，作官作吏者对不起国家民族处，未免多多。用当前推测未来，又可知目前战火焚灼，戡乱益乱，留给下一代实一分如何沉重担负也。

余今夏诚幸运，有一机会，早晚均可至一巍巍高处，放眼临眺故都市郊景物。每闻西山背后远处炮声断续，与近在脚下之昆明池大群青年学生，兵士于水嬉中欢呼戏笑，两种声音交错，感慨良深。同为中国人，在彼则仇恨流血，若不共戴天，在此则无逆无忤，各尽其兴。谁近本性？谁为安排？老子生于春秋战国之际，即曾慨乎言之，“圣人不死”，“大盗窃国”，以古例今，若合符契。个人生命融接于此东方历史过去，当前，未来感兴中，不免茫然若失，亦不禁作圣哲临水之伤叹；逝者如斯，不舍昼夜。窃意中国有光辉之文化思想，能延续至三千年，必有理由，目下火与血之悲剧，亦有理由，或尚待有心人重作检讨布置也。

昨阅报纸，载称有著名学者若干人，集会于藏有玉佛之北海团城，商讨为孔夫子做二千五百年大寿。为古人祝寿，余与长年沉默之玉佛，将完全采取同一态度，闭口无言，然余实欲向诸学者一提，孔夫子一生恓恓惶惶，或在陈绝粮，或入匡被困，直至于悲获麟为止，只有几件事记挂在心，即道之不行，学之不讲，闻义不能喜，不善不能改。吾人对于此圣哲若具诚实尊敬，与其作文章祝寿，开会讲演，反不如将其六艺教学原则，略作实验印证，或较有裨益于后来。孔夫子是一切实际之人，纪念方法，能切实际方有意义也。

目下大庠中“礼”似不甚发达，值得注意。“乐”则几几乎完全缺如，或奏时亦不甚好听。若干学校，师生即不会唱校歌，且亦从不闻有一真正动人情感引起崇高印象之校歌产生。“射”则只间或可闻政治暗箭流注，中立者转易受伤，大违原来寓教于戏乐之本意。“御”则除无补实际之×训外，有时转为收买，以人为马，亦失古训。“书”若指写字作画而言，师生水准均不甚高。若指书本，图书室并无人看亦无多价值之古板书，堆积太多，编目工作即仿佛永不完毕，需要看之现代问题书，又嫌太少。日前某大学国学系学人集会，尚争誉传统成功。其实二十年来，试屈指一计，即可知维持传统，如何大不经济！且新近千里边远来学者，殊非对传统有何倾心。学人若尚缺少自知之明，不亟加真正改造，三五年内实有无学生注册趋势。“数”非吾所知，好在凡此一切，人人心中当自有数也。虽时移代易，事不尽同，然大庠新空气如何改造，方能与孔夫子真精神衔接，诚为学者费思考之问题。如徒然办寿，将为通人批评佞古而忽今，舍近以求远。即在学校，亦不易成功也。

又“民主与科学”一名辞，近年来在学校中广泛使用，明朗有力。民主之来，吾不知必由何种方式，始云十全十美。惟争取比指派终近于真实，则可断言。科学余因性之所近，略能将名辞含义诠释。科学者，理性与明知之学问也。私意科学教育已提倡三十年，目下实在亦有问题。科学重分工而合作，余固知之，然虽分工至细，中国公民道德则宜为人所同具。今习科学者常有避至外国教大学一年级普通课为荣幸，不知此种打算，洋人实亦看不起也。

此等事多忌讳，易误会，余不拟多谈。且以一近事作话题，亦可知吾国科学教育尚多缺憾。读者诸君如记忆力不太坏，必记忆及月前随飞碟谣传之后，有一四川杨妹绝食新闻，盛传远近，浪费国家新闻纸张甚多。当国内若干医师不加思考，一股正经，集议研究办法时，竟另有一女性专门医师，宣言“不食之事，系靠日光化合作用，可以办到”。余于专家素极崇拜，至此不无迷惑。觉得近三十年医事教育，课程上殊有问题。或有数种专门课程，未能开讲，一是“女子性心理之补偿作用与社会关系”，一是“社会神经病之传染及预防”。如曾上过前一课，教授又足当其任，则杨妹不食之故事，正如清水碗中看螺丝一枚，入目了然。杨妹事与生理关系不多，实一心理学上情绪补偿问题。杨妹必一贫血内向型女子，发育不良，具丫头像，平时生活被人疏忽；用绝食引人注意，亦事理之常。其监护人，则拟师河伯娶妇故智，求小有好处。病人与其监护人，宜同入神经病院受休养治疗，给以饮食，善言安抚，参以潘光旦、萧孝荣二教授之分析报告，结果即可完全明白。（孔夫子见萍实羵羊，均能照平常态度处之，见怪不怪，博闻多识故也。）如曾上后一课，则宜有人提议请政府通过一新法案，凡公私报纸，对此事有煊染过甚之记载，引起“世人相惊以伯有”作用者，发行人宜罚洋一分，记者宜罚正楷抄录古诗十次，作为业务过失荣誉惩罚。有关罚款，且必责以缴纳现货，使之明白一分洋钱一分货，乃是一个现实问题，因物价变动过剧，官吏豪门中容有藏金万万永不没收者，至于平民，此一分钱即登报悬赏征求，尚不易得。又中国二千年前古诗，早已说过，服药求仙，实无可望，世安有人比神仙还高一着棋，天然不吃不喝能活下去之理？加以处罚，处罚中即兼寓教育意味。惟如因顾全报纸信誉，不服判决，报方亦可依法上诉，将责任委诸政府首脑或行踪不定之毛泽东氏。引述理由，则为“诸事均由内战而起。若无战事，各地交通无阻，物资对流，将有生产过剩现象，报纸亦必天天刊载某某食品公司主办消化竞赛纪事，且满载消食方广告，那有空余篇幅为此神经不健全之杨妹作义务宣传，让世界学人耻笑医师不学？”因有关者大，不是儿戏，为求处分公平，此种事始需要组织特种法庭审判。以余私意，中国如真行宪进步，政府必败诉无疑。世有解人，将承认余之见解，世无解人，则余言不免竟成无趣幽默矣。

解人不多，余深知之。即在号称学者渊薮之故都，恐亦无人敢对余之意见表示同意。然余则深信余之见解，必为三十年后人所追忆，所重视。因彼时社会对于“人”的知识，或较丰富，政府大半事务，均已有各种科学家参加，凡有措施，必用理性裁制感情，引导国家民族渐渐走上轨道。个人或党派自私，已公认为一种有害民族健康严重病症。且从政人员，均早已经施用一种预防注射，从此贪污、无能、及其他恶劣品质，恰如热带传染病，即偶然发现，仍不至于具传染性如目下之普遍也。

世如有人，此时庄言质余以未来进步所经过程。其庄重程度，似目下行宪宣言认真，余亦将庄重十分，提供以一二线索。余意以研究“人”出发之“人性科学”，在最近将来必成为一种世界所关心学问，其重要发现引人注意处，必不下于原子能。而一切发现与发明，则将完全公开，只闻甘心落后国家统治者拒绝接受，决无新兴国家间谍盗取之事。甘心落后国家，彼时为拒绝此有关人类进步原则及事实，可能亦将用尽种种心思，制定许多不正当法律，对青年人此种新信仰加以打击、陷害，并造制各式谣言诋毁曲解。惟进步事实，则终必将一无知而自私，残忍而腐败之统治权推翻！余特别欲点醒读者，即今之所言，乃另一时另一种事件，设有人欲陷以当前特种刑庭法律，传讯巴鲁爵士，余必拒绝出席。

读者诸君，或有与余抱同一见解信仰，对人类进步事实始终未绝望，且相信中国为一真正优秀民族者，余将与之拍掌立约，此后必共同不许灰心，永远乐观，对于一切进步改革理想，加以拥护赞助。对国内和平希望，更无条件支持。世界上任何一种民族，任何一种历史，固无不用文字写得明明白白：内争过久耗损国家元气，而无效率统制迟早必圮坍……余尚有一种见解，即战争若如此进行下去，损失者终为人民，战争若能于相当情势下，改在会场进行，则人民稍稍保全，而不进步之统治始能转换。……余之爵位可以放弃，此信念雅不拟放弃。

迩来金风始振，木叶微脱，华北秋意，已日益加深。故都学人于苦闷之余，到时上西山玩赏红叶者，必大有其人。余以为宜有深心学人，对秋风逼来涂染红紫之草木以外，别有会心，知所玩味，知所警惧。上寿百年不易得，中寿七十名古稀，即不为一己设想，亦宜为儿女孙曾稍稍留意；如何放弃旁观习惯，与青年学生合作，挣扎努力，促成一新局面，使下一代人活于此河山壮丽美好肥沃之土地上，稍稍合理幸福，终必比较如今不声不响，萎悴惨愁，坐待国家成为一片火血之海，见得更像一个具发展性，有生命力，头脑清明知识分子也。

顷者表兄塔塔木林之《红毛长谈》，已由观察社集印出版，远道寄余，读之如对故人。若干预言，幸而不中，若干预言，又不幸而中。正言若反，语支蔓而心纯直，唯余知之。因书末并节录余一通信，令余觉悟，犹有一支秃笔在握。此通信赖得继续。

余爱中国不下于人，虽不能作支那通，亦略知中国近事。余友之一曾言，中国问题固甚多，近二十年病症，则用“官僚万能而哲学贫困”数语概括之。“万能”有作“无能”解者。凡事涉及官僚，余不欲妄肆讥评。哲学贫困则余殊难同意。大庠中哲学家殊不少。所贫困者，恐为一种明朗煌煌单纯有力而又具有否定强权之健康进步思想。有关社会进步理想之追求，哲学家多如有意袖手，不敢过问；且常常表示此事与哲学家无关。因之一切行进指标，自不免由其他方面代替。有关思想运动，二十年前本来均为大小书生同赴并趋，殊少违忤，步法有快慢，恰恰如一乐队，各有所司，亦各有所事。然近五年来则大小乐器在合奏中总若不甚合拍。似各为一政治性名辞所淆乱，即有关学习，必一反旧例，“老宜学少”。此云名辞正确，必携带方能前进；彼云或系错觉，到困难时可莫要人支援。此名辞流行所作成结果，好处未见，毛病先来，老少分化，因之授人以隙，便于作各个击破计也。学人中略有性格者，不左不右，自然即如水上之油，或敛聚各成一小点，不相粘附，独具圆明。或扩散成薄膜，放幻美光彩，少真实性。余意此事影响实非轻细。因此一代或尚可在游离自足光景中，将生命贡献于学术，至下一代，为之奈何？此时诚需要一种崭新人生哲学，来好好使此多数得重新分工合作，各就地位，各执乐器，各按曲谱，合奏一新中国进行曲。此乐曲在时间中慢慢发展，既能把握大处，又不忽略细节，初初奏来，总不会如何引人注意。或难免如在先农坛附近荒地演奏悲多汶大乐，不可望将天桥有棚座之掼跤场中观众兴趣完全转移。惟交响乐好处全在“发展”，冬去春来，层冰解冻，溪流潺湲，各处均有鸟语花香，即战火焚灼之土地，亦将有青草生长，掩盖去人类残忍与不知所作成之种种，见出盎然生意。乐曲设于此际进行到移情忘我地步，余敢言惯于使用硬功夫之人，彼时容当承认中国历史实不宜全用战争点缀。有关民族真正解放，由和平繁荣追求，比强迫限制为易。由通力合作追求，比独立探讨为易。惟音乐虽能使人类情感谐和，必乐曲、乐队、乐人三者齐备而又合作方可期望见出效果。余私意诚深深盼望此乐队之组织，能包罗广大。读者须知，余言如滑稽，殊沉痛。余非乐队中人，音乐知识本不甚高，且对作曲兴趣特少，惟实具一种热忱，使中国悲剧场面略换，专以为中国进步作种种服务也。

至于余之个人愿望，亦可一言。中国和平时，除将此种通信陆续投寄国内报刊与读者对面，实乐意常至故宫陈列室，欣赏名陶佳瓷，且从容不迫，向年青专家请教，不至如日昨一次经验之狼狈。缘余日昨与诸学者参加博物馆协会，饱聆通人专家讨论国宝问题，会后受招待至武英殿观赏，竟被忙于关门之警士，用逗小孩口气连声催促："赶快去前面看西洋钟！"彼时与余同在一处计五人，均为对西洋钟毫无兴趣者。旋闻前面叮叮冬冬响声不绝，见一洋装绅士，一鬈发士女，二中山装同志，奔赴而前。欢喜赞叹，如往法会。余因之觉悟伟人参观故宫时，于西洋钟面前呆候廿分钟不以为苦事，必有原由。乃益深信中国宜有一种新思想于时代中产生。否则再过二十年，故宫博物院可能还只有巡警作此等事，别无改进事实。且参观故宫者，除看西洋钟外，对其他亦别无兴趣。读者诸君，余意如此中国实相当可怕，相当可怕。

世有解人，宜与余具同感；世无解人，余之通信为废话矣。

九月廿一日故都

昆明冬景

新居移上了高处，名叫北门坡，从小晒台上可望见北门门楼上“望京楼”的匾额。上面常有武装同志向下望，过路人马多，可减去不少寂寞！住屋前面是个大敞坪，敞坪一角有杂树一林。尤加利树瘦而长，翠色带银的叶子，在微风中荡摇，如一面一面丝绸旗帜，被某种力量裹成一束，想展开，无形中受着某种束缚，无从展开。一拍手，就常常可见圆头长尾的松鼠，在树枝间惊窜跳跃。这些小生物又如把本身当成一个球，抛来抛去，俨然在这种抛掷中，能够得到一种快乐。一种从行为中证实生命存在的快乐。且间或稍微休息一下，四处顾望，看看它这种行为能不能够引起其他生物的注意。或许会发现，原来一切生物都各有心事。那个在晒台上拍手的人，眼光已离开尤加利树，向虚空凝眸了。虚空一片明蓝，别无他物。这也就是生物中之一种“人”，多数人中一种人，对于生命存在的意义，他的想象或情感，正在不可见的一种树枝间攀援跳跃，同样略带一点惊惶，一点不安，在时间上转移，由彼到此，始终不息。

敞坪中妇人孩子虽多，对这件事却似乎都把它看得十分平常，从不曾有谁将头抬起来看看。昆明地方到处是松鼠，许多人对于这小小生物的知识，不过是捉把来卖给“上海人”，值“中央票子”两毛钱到一块钱罢了。站在晒台上的那个人，就正是被本地人称为“上海人”，花用中央票子，来昆明租房子住家过日子的。住到这里来近于凑巧，因为凑巧反而不会令人觉得稀奇了。妇人多受雇于附近一个织袜厂，终日在敞坪中摇纺车纺棉纱。孩子们无所事事，便在敞坪中追逐吵闹，拾捡碎瓦小石子打狗玩。敞坪四面是路，时常有无家狗在树林中垃圾堆边寻东觅西，鼻子贴地各处闻嗅，一见孩子们蹲下，知道情形不妙，就极敏捷的向坪角一端逃跑。有时只露出一个头来，两眼很温和的对孩子们看着，意思像是要说，“你玩你的，我玩我的，不成吗?”有时也成。那就是一个卖牛羊肉的，扛了方木架子，带着官秤，方形的斧头，雪亮的牛耳尖刀，来到敞坪中，搁下找寻主顾时。妇女们多放下工作，来到肉架边，讨价还钱。孩子们的兴趣转移了方向。几只野狗便公然到敞坪中来，先是坐在敞坪一角便于逃跑的地方，远远的看热闹，其次是在一种试探形式中，慢慢的走近人丛中里来，直到忘形挨近了肉架边，被那羊屠户见着，扬起长把手斧，大吼一声“畜生，走开!”方肯略略走开，站在人圈子外边，用一种非常诚恳非常热情的态度，欣赏肉架上的前腿，后腿，以及后腿末端一条带毛小羊尾巴，和搭在架旁那些花油。意思像是觉得不拘什么地方都很好，都无话可说，因此它不说话。它在等待，无望无助的等待。照例向妇人们在集群中向羊屠户连嚷带笑，加上各种“神明在上报应分明”的誓语，这一个证明实在赔了本，那一个证明买下它家用的秤并不大，好好歹歹弄成了交易，过了秤，数了钱，得钱的走路，得肉的进屋里去，把肉挂在悬空钩子上，孩子们也随同进到屋里去时，这些狗方趁空走近，把鼻子贴在先前一会搁肉架的地面，闻嗅闻嗅，或得到点骨肉碎渣，一口咬住，就忙匆匆向敞坪空处跑去，或向尤加利树下跑去。树上正有松鼠剥果子吃，果子掉落地上。上海人走过来拾起嗅嗅，有“万金油”气味，微辛而芳馥。

早上六点钟，阳光在尤加利树高处枝叶间，敷上一层银灰光泽。空气寒冷而清爽。敞坪中很静，无一个人，无一只狗。几个竹制纺车瘦骨凌精的搁在一间小板屋旁边。站在晒台上望着这些简陋古老工具，感觉“生命”形式的多方。敞坪中虽空空的，却有些声音仿佛从敞坪中来，在他耳边响着。

“骨头太多了，不要这个腿上大骨头。”

“嫂子，没有骨头怎么走路？”

“曲蟮有不有骨头？”

“你吃曲蟮？”

“哎哟，菩萨。”

“菩萨是泥的木的，不是骨头做成的。”

“你毁佛骂佛，死后会入三十三层地狱，磨石碾你，大火烧你，饿鬼咬你。”

“活下来做屠户，杀羊杀猪，给你们善男信女吃，做赔本生意，死后我会坐在莲花上，只往上飞，飞到西天一个池塘里，洗个大澡，把一身罪过，一身羊臊血腥气，洗得个干干净净！”

“西天是你们屠户去的？做梦！”

“好，我不去让你们去。我们都不去了，怕你们到那地方肉吃不成！你们都不吃肉，吃长斋，将来西天住不了，急坏了佛爷，还会骂我们做屠户的，不会做生意。一辈子做赔本生意，不落得人的骂名，还落个佛的骂名。你不要我拿走。”

“你拿走好！肉臭了看你喂狗吃。”

“臭了我就喂狗吃，不很臭，我把人吃。红焖好了请人吃，还另加三碗烧酒，怕不有人叫我做伯伯舅舅干老子。许我每天念《莲花经》一千遍，等我死后坐朵方桌大金莲花到西天去！”

“送你到地狱里去，投胎变一只蛤蟆，日夜哗哗呱呱叫。”

“我不上西天，不入地狱，忠贤区区长告我说，姓曾的，你不用卖肉了吧，你住忠贤区第八保，昨天抽壮丁抽中了你，不用说什么，到湖南打仗去。你个子长，穿上军服排队走在最前头，多威武！我说好，什么时候要我去，我就去。我怕无常鬼，日本鬼子我不怕。派定了我，要我姓曾的去，我一定去。”

“××××××××”

“我去打仗，保卫武汉三镇。我会打枪，我亲哥子是机关枪队长！他肩章上有三颗星，三道银边！我一去就要当班长，打个胜仗，我就升排长。打到北京去，赶一群绵羊回云南来做生意，真正做一趟赔本生意！”

接着便又是这个羊屠户和几个妇人各种赌咒的话语。坪中一切寂静。远处什么地方有军队集合下操场的喇叭声音在润湿空气中振荡。静中有动，他心想：

“武汉已陷落三个月了。”

屋上首一个人家白粉墙刚刚刷好，第二天，就不知被谁某一个克尽厥职的公务员看上了，印上十二个方字。费很多想象把字认清楚了，更费很多想象把意思也弄清楚了。只就中间一句话不大明白，“培养卫生”。这好像是多了两个字或错了两个字。这是小事。然而小事若弄得使人糊涂，不好办理，大处自然更难说了。

带着小小铜项铃的瘦马，驮着粪桶过去了。

一个猴子似的瘦脸嘴人物，从某人家小小黑门边探出头来，“娃娃，娃娃，”见景生情，接着他自言自语说道，“你那里去了？吃屎去了？”娃娃年纪已经八岁，上了学校，可是学校因疏散却下了乡。无学校可上，只好终日在敞坪里煤堆上玩。“煤是那里来的？”“从地下挖来的。”“作什么用？”“可以烧火。”娃娃知道的同一些专门家知道的相差并不很远。那个上海人心想：“你这孩子，将来若可以升学，无妨入矿冶系。因为你已经知道煤炭的出处和用途。好些人就因那么一点知识，被人称为专家，活得很有意义！”

娃娃的父亲，在儿子未来发展上，却老做梦，以为长大了应当作设治局长，督办，——照本地规矩，当这些差事很容易发财，发了财，买对门某家那栋房子。上海人越来越多了，到处有人租房子，肯出大价钱。押租又多。放三分利，利上加利，三年一个转。想象因之而丰富异常。

做这种天真无邪的好梦的人恐怕正多着。这恰好是一个地方安定与繁荣的基础。

提起这个会令人觉得痛苦，是不是？不提也好。

因为你若爱上了一片蓝天，一片土地，和一群忠厚老实人，你一定将不由自主的嚷："这不成！这不成！天不辜负你们这群人，你们不应当自弃，不应当！得好好的来想办法！你们应当得到的还要多，能够得到的还要多！"

于是必有人问："先生，你这是什么意思？在骂谁？教训谁？想煽动谁？用意何居？"

问的你莫明其妙，不特对于他的意思不明白，便是你自己本来意思，也会弄糊涂的。话不接头，两无是处。你爱"人类"，他怕"变动"。你"热心"，他"多心"。

"美"字笔画并不多，可是似乎很不容易认识。"爱"字虽人人认识，可是真懂得他意义的人却很少。

云南看云

云南因云而得名。可是外省人到了云南一年半载后，一定会和本地人差不多，对于云南的云，除却只能从它变化上得到一点晴雨知识，就再也不会单纯的来欣赏它的美丽了。看过卢锡麟先生的摄影后，必有许多人方俨然重新觉醒，明白自己是生在云南，或住在云南。云南特点之一，就是天上的云变化得出奇。尤其是傍晚时候，云的颜色，云的形状，云的风度，实在动人。

战争给许多人一种有关生活的教育，走了许多路，过了许多桥，睡了许多床，此外还必然吃了许多想象不到的小苦头。然而真正具有教育意义的，说不定倒是明白许多地方各有各的天气，天气不同还多少影响到一点人事。云有云的地方性：中国北部的云厚重，人也同样那么厚重。南部的云活泼，人也同样那么活泼。海边的云幻异，渤海和南海云各不相同，正如两处海边的人性情不同。河南的云一片黄，抓一把下来似乎就可以作窝窝头，云粗中有细，人亦粗中有细。湖湘的云一片灰，长年挂在天空一片灰，无性格可言，然而桔子、辣子就在这种地方大量产生，在这种天气下成熟，却给湖南人增加了生命的发展和进取精神。四川的云与湖南云虽相似而不尽相同，巫峡峨嵋高峰把云分割又加浓，云有了生命，人也有了生命。可是体积虽大分量轻，人亦因之好夸饰而不甚落实。论色彩丰富，青岛海面的云应当首屈一指。有时五色相煊，千变万化，天空如展开一张锦毯。有时素净纯洁，天空只见一片绿玉，别无它物。看来令人起轻快感，温柔感，音乐感，情欲感。一年中有大半年天空完全是一幅神奇的图画，有青春的嘘息，煽起人狂想和梦想。海市蜃楼即在这种天空显现，海市蜃楼虽并不常在人眼底，却永远在人心中。秦皇汉武的事业，同样结束在一个长生不死青春常在的美梦里，不是毫无道理的。云南的云给人印象大不相同，它的特点是素朴，影响到人性情也应当挚厚而单纯。

云南的云似乎是用西藏高山的冰雪，和南海长年的热风，两种原料经过一种神奇的手续完成的，色调出奇的单纯，惟其单纯反而见出伟大。尤以天时晴明的黄昏前后，光景异常动人。完全是水墨画，笔调超脱而大胆。天上一角有时黑得如一片漆，它的颜色虽然异样黑，给人感觉竟十分轻。在任何地方“乌云蔽天”照例是个沉重可怕的象征，惟有云南傍晚的黑云，越黑反而越不碍事，且表示第二天天气必然顶好。几年前中国古物运到伦敦展览时，有一个赵松雪作的卷子，名《秋江叠嶂》，净白如玉的澄心堂纸上用浓墨重重涂抹，给人印象却十分美秀。云南的云也恰恰如此，看来只觉得黑而秀。

可是我们若在黄昏前后，到城郊外一个小丘上去，或坐船在滇池中，看到这种云彩时，低下头来一定会轻轻的叹一口气。具体一点将发生“大好河山”感想，抽象一点将发生“逝者如斯”感想。心中一定觉得有些痛苦，为一片悬在天空中的沉静黑云痛苦。因为这东西给了我们一种无言之教，比目前政论家的文章，宣传家的讲演，杂感家的讽刺文，都高明得多，深刻得多，同时还美丽得多。觉得痛苦原因或许也就在此。那么好看的云，孕育了在这一片天底下讨生活的人，究竟是些什么？是一种精深博大的人生思想？还是一种单纯美丽的诗的感情？若把它与地面所见、所闻、所有两相对照，实在使人不能不痛苦！

在这美丽天空下，人事方面，我们每天所能看到的，除了空洞的论文，不通的演讲，小巧的杂感，此外似乎到处就只碰到“法币”。商人和银行办事人直接为法币而忙。教授学生也间接为法币而忙。最可悲的现象，实无过于大学校的商学院，每到注册上课时，照例人数必最多。这些人其所以习经济、习会计，都可说对于生命毫无高尚理想可言，目的只在毕业后入银行作事。“熙熙攘攘，皆为利往，挤挤挨挨，皆为利来，利之所在，群集若蛆。”社会研究所的专家，机会一来即向银行跑。习图书馆的，弄考古的，学外国文学的，因为亲戚、朋友、同乡……种种机会，又都挤进银行或相近金融机关作办事员。大部分优秀脑子，都给真正的法币和抽象的法币弄得昏昏的，失去了应有的灵敏与弹性，以及对于“生命”较高的认识。其余无知识的脑子，成天打算些什么，也就可想而知了。云南的云即或再美丽一点，对于多数人还似乎毫无意义可言的。

近两个月来，本市在连续的警报中，城中二十万市民，无一不早早的就跑到郊外去，向天空把一个颈脖昂酸，无一人不看到过几片天空飘动的浮云，仰望结果，不过增加了许多人对于财富得失的忧心罢了。“我的越币下落了”，“我的汽油上涨了”，“我的事业这一年发了五十万财”，“我从公家赚了八万三”，这还是就仅有十几个熟人中说说的。此外说不定还有个把教授之流，终日除玩牌外无其他娱乐，会想到前一晚上玩麻雀牌输赢事情，聊以解嘲似地自言自语，“我输牌不输理”。这种教授先生当然是不输理的，在警报解除以后，还不妨跑到老同学住处去，再玩个八圈，证明一下输的究竟是什么。一个人若乐意在地下爬，以为是活下来最好的姿势，他人劝说站起来走，或更盼望他挺起脊梁来做个人，当然是不会有什么结果的。

就在这么一个社会一种情形中，卢先生却来展览他在云南的照相，告给我们云南法币以外还有些什么。即以天空的云彩言，色彩单纯的云有多健美，多飘逸，多温柔，多崇高！观众人数多，批评好，正说明只要有人会看云，就从云影中取得一种诗的感兴和热情，还可望将这种尊贵的感情，转给另外一种人。换言之，就是云南的云即或不能直接教育人，还可望由一个艺术家的心与手，间接来教育人。卢先生照相的兴趣，似乎就在介绍这种美丽感印给多数人，所以作品中对于云物的题材，处理得特别好。每一幅云都有一种不同的性情，流动的美。不纤巧，不做作，不过分修饰，一任自然，心手相印，表现得素朴而亲切。作品成功是必然的。可是得到“赞美”不是艺术家最终的目的，应当还有一点更深的意义。我意思是如果一种可怕的实际主义，正在这个社会各组织各阶层间普遍流行，腐蚀我们多数人做人的良心、做人的理想，且在同时把每一个人都有形无形市侩化。社会中优秀分子一部分，所梦想，所希望，也都只是糊口混日子了事，毫无一种较高的情感，更缺少用这情感去追求一个美丽而伟大的道德原则的勇气时，我们这个民族应当怎么办？大学生读书目的，不是站在柜台边作行员，就是坐在公事房作办事员，脑子都不用，都不想，只要有一碗饭吃就算有了出路。甚至于做政论的，作讲演的，写不高明讽刺文的，习理工的，玩玩文学充文化人的，办党的，信教的，……出路也都是只顾眼前。大众眼前固然都有了出路，这个国家的明天，是不是还有希望可言？我们如真能够像卢先生那么静观默会天空的云彩，云物的美丽，也许会慢慢的陶冶我们，启发我们，改造我们，使我们习惯于向远景凝眸，不敢堕落，不甘心堕落。我以为这才像是一个艺术家最后的目的。正因为这个民族是在求发展，求生存，战争已经三年。战争虽败北，不气馁，虽死亡万千人民，牺牲无数财富，仍不以为意，就为的是这战争背后还有个庄严伟大的理想，使我们对于忧患之来，在任何情形下都能忍受。我们其所以能忍受，不特是我们要发展，要生存，还要为后来者设想，使他们活在这片土地上，更好一点，更像人一点！我们责任那么严重而且又那么困难，所以不特多数知识分子必然要有一个较坚朴的人生观，拉之向上，推之向前，就是作生意的，也少不了需要那么一分知识，方能够把企业的发展与国家的发展，放在同一目标上，分道并进，异途同归！

举一个浅近的例来说说：我们的眼光注意到“出路”“赚钱”以外，若还能够估量到在滇越铁路的另一端，正有多少鬼蜮成性阴险狡诈的木屐儿，圆睁两只鼠眼，安排种种巧计阴谋，在武力与武器无作用地点，预备把劣货倾销到昆明来，且把推销劣货的责任，派给昆明市的大小商家时，就知道学习注意远处，实在是目前一件如何重要的事情！照相必选择地点，取准角度，方可望有较好成就。做人何尝不是一样，明分际，识大体，“有所不为”，敌人虽花样再多，劣货在有经验商家的眼中，总依然看得出，取舍之间是极容易的。若只图发财，见利忘义，“无所不为”，日本货变成国货，改头换面，不过是反手间事！劣货推销仅仅是若干有形事件中之一种。此外各层知识阶级中不争气处，所作所为，实有更甚于此者。

所以我觉得卢先生的摄影，不只是给人看看，还应当给人深思。

二十九年昆明

青岛绿而静[1]

我到了青岛，和卅年前初来时情形一样，青岛依旧绿而静。微风吹拂中面前大海在微微荡动，焦红山石间大片绿树也在微微荡动，一切给我的印象依旧是绿而静。我说的自然只限于自然景物。这并不使我惊奇，却引起我深思。回复到三十年前面临大海对生命存在意义及如何使用长时期的深思。和这一片土地上人民过去半世纪所受苦难屈辱今昔对照而深思。近五十年中国社会人事变化之大，是历史上空前少有的。青岛发展更经过近半世纪中华民族由酣然沉睡到觉醒奋起反帝斗争艰苦历史的全程。青岛的变化是迅速而剧烈的，青岛动荡的幅度比中国任何一个都市其实都大得多。我

1．本文节选自《青岛游记》，全文有四节，此为第一节。

想且先从个人对于这里自然景物所体会到部分写下去，看看这个绿而静的海滨山岛，给我的究竟是些什么。

初初来到这个地方，我住在山东大学和第一公园之间福山路转角一所房子里，小院中有一大丛珍珠梅开得正十分茂盛。从楼上窗口望出去，即有一片不同层次的明绿逼近眼底：近处是树木，稍远是大海，更远是天云，几几乎全是绿色。因此卅年来在我记忆和感情中，总忘不了这一树白花和一片明绿。其时公园中加拿大种小叶杨正长日翻动着小小银白叶片，到处有剑兰一簇簇白花，从浓绿剑形叶片中耸起，棣棠花小而黄，更加显得十分妩媚亲人。园林管理处正在计划开辟几条新路供游人散步，准备夹路分别栽种不同花木幼苗，计有海棠、紫薇、银杏、腊梅、木槿、迎春、紫藤……新掘好的土坑充满了一种泥土和腐叶混合的香味。现在看看，银杏路的银杏早已变成大树，有几条较小行人路，花木都交枝连荫，如同长长的绿色甬道。又有些树木且因为枝干过老生虫，管园人正在砍伐供薪炊用。山大文学院同事，连同一次暑期班从北大清华邀来的短期讲学许多熟人，或住到这小楼上，或常到这小楼来谈天的，试屈指数数，大多都已过世，希望在这里找个熟习三十年前青岛的人谈谈旧事，除了到崂山太清宫遇见一个六十三岁的老法师，还记得起好些有关青岛德日前后占领时代人民遭受苦难的事情，和康有为、傅增湘、杨振声等游人的姓名，此外即有中山路一个书店老掌柜，卖了几十年旧书，还知道宋春舫曾经有一楼关于戏剧书籍，如何由聚而散，以及闻一多在山大作文学院长买书旧事，此外即不容易遇到第三个可以谈谈老话的人。可是另外却有一个涵容广大包罗万有十分相熟的旧相识，即面前一碧无际早晚相对的大海。一个从四围是山的小乡城来到三面环海地方的人，初次来到海边所得感受是不可能用文字形容的！我这次也可说正是为要再看看这个大海，和它"温习过去，叙述当前，商量明天"而来的。三十年前约有三年时间它对于我的教育启发实在太多了！

世界上有万千关于描写刻画海上种种壮丽景色传名千载的诗文、绘画和乐章，都各以个人一时所遇所感来加以表现，加以反映，各自得到不同的成就。我看了三年海，印象总括说来实简单之至，海同样是绿而静。但是它对于我一生的影响，好像十分抽象却又极其现实，即或不能说是根本思想，至少是长远感情。它教育我并启发我一种做人素朴不改和童心永在的生存态度，并让我在和它对面时，从长期沉默里有机会能够充分消化融解过去种种书本知识、社会经验，和生命理想，用一种明确素朴文字重新加以组织排比，转移重现到纸上来，成为种种不同完整美丽的形式，不仅保存了一部分个人生命的青春幻想和一生所经所遇千百种平常人爱恶哀乐思想情感的式样，也因之从而影响到异时异地其他一部分青年生活的取舍，形成我个人近三十年和社会发展在某种意义上为特殊密切，在某种意义上又相当疏远的关系。我一生读书消化力最强、工作最勤奋、想象力最丰富、创造力最旺盛，也即是在青岛海边这三年。

当大暑天外来万千游人齐集海滨时，我却欢喜爬山，一个人各处跑去。正当年纪青腰腿劲健，上下山头总还像行有余力。上到山顶即坐在岩石残垒间看海。它俨然像是我当时真正的师友。因为好些在大革命前即和我从事学习写作关系密切的朋友，都各以不同情形在革命几年中牺牲了，多正当卅来岁盛年却死得极惨。还有几个热情奔放，才华出众的朋友，不死于社会变革却在另外偶然不巧中死去的。这些朋友要做的事业都还正好开始，即被骤然而来的时代风雨，把他们对于社会向前的理想，和个人不同的才智聪明，卷扫摧残，弄得个无影无踪。我尽管相信，一个人对于人类前途的热忱，和对于工作的虔敬态度，是应当永远存在，且具有一种传染渗透性能，必然能给后来者以极大鼓舞的。可是照当时实际情形看来，不免令人格外感觉沉重。这些死者除了以不同印象给我给人一种认识，一种鼓舞，生存必须有意义，还有谁知道他们，记忆他们？另外我也邀过好几个搞文学的朋友到青岛来一同爬山看海，却极少提过另外那些死者的死在我生命中引起的沉重意义。同样是从事文学创作，照当时情形，各人的要求和从事这个工作的动力，是来自许多不同方面的。然而随同五四文学革命运动要求，又似乎有一个总的方向和共同目标，即用文学作工具，来动摇旧的腐朽社会基础，促成历史的局部或全体新陈代谢，万壑争流，各以不同速度奔赴到海！

每到秋冬之际，是青岛天气最好的季节，爱热闹会花钱的游客，多早已离开了这里。惠泉浴场一带已再无一个游人。那个皇冠式屋顶的音乐亭，也再听不到白俄餐馆乐队演奏柴可夫斯基舞曲了。日本妇人的木屐和粉脸也绝了踪。……我能单独接近大海时，照例又总是独自在静静的阳光下沿着浴场沙滩走去，到了尽头还不即转身，居多即翻过炮台前去湛山大路那道山埂子，通过现在的八关路疗养区，原来的一片小松林，一直到太平角石咀子附近才停下来。我觉得，惟有到了这里，大海的脉搏节奏才更加和个人心脏节奏起伏相应。当时八关路一带除了那条直通湛山大路，此外就全是一片低矮的马尾松林，本地人平时不常来，外来游客更较少走得这么远。松林间到处有花草丛生，花草间还随时可见到小小黄麻色野兔奔走跳跃，这些小小可爱动物，事实上就是这地区的唯一主人。每逢见到生人时，对于陌生拜访者还不知如何正当对待，只充满一种天真的好奇，偏着个小头痴痴的望着，随即似乎才发现这么过分亲近有些不大妥当，于是又高高兴兴在花草间蹦跳蹦跳跑开了。如果被人一追，照例不久必钻入到处可以发现的陶制引水管中去隐藏起来。它如会说话，一定将顽皮地自言自语："好，你有本领你也进来吧。从这头赶来我就从那头跑去，赶不着！我不怕！"这就是这些小小可爱动物的家，到了里边以后即已十分安全，如有同伙就相互挤挨着嚼松子吃，不多一会儿，便把受惊的事情全忘了。

单独面对大海，首先是使人明白个体存在的渺小，和生命能有效使用时间的短暂，以及出于个人任何一种骄傲自大的无意义。由于海给人印象总永远是谦虚而平易的，但是海本身却无为而无不为。其次是回复了些童心幻想，即以我这种拘迂板质中材无学之人而言，仿佛也就聪明朗畅了好些，把"我"从一堆琐琐人事得失爱憎取予束缚中解放开来。对于写作构思布局格外有益。写什么？如何写？试向广和深推扩开去，头绪也像多了好些，照老话说就是"头头是道"。

记得十多年前写过一篇小文章，叙述到个人写作所受教育比较深刻部分时，首先即说起一切大小河流对我生命的影响，而最大影响却是海。一个人有一个人生命的遇合，也从而部分或整个影响或决定他较后一时的工作和发展方向。我虽生长于一个万山环绕的小乡城，从小时起，机会凑巧，却有好些时间是在河边或水上船只木筏上度过的。在一条长近千里的沅水上，约五年中我就坐过好几十种船，换了无数码头，在船上过着种种平常城市里人不易设想的生活，上至军阀政客，下至土匪土娼烟贩以致玩猴儿戏的，相熟过许多我自己也万想不到的各种不同职业不同性格的人。特别和弄船的吃水上饭的人长时期在一处建立的友谊，真是一分离奇不经的教育。如把社会当成一本大书，一生工作学习主要部分和水就分不开。水的永远流动而不凝固，即告我万事不宜凝固也无从凝固，生命存在另一意义也就和“动”有密切联系。一切外物的动都有个客观原因存在，生命不可思议即主观能有目的有定向而动。海扩大了我的心胸和视野，刺激我在工作上去作横海扬帆的远梦，和通过劳动作成人世间海市蜃楼的重现。不拘泥于个人在世俗事功上的成败打算和一时物质上的得失计较，引起我充满童心幻念，去接受每个新的一天，并充分使用精力到有意义工作上去。当时所谓意义，自然就是照我能做到的理会到的问题去写作，以及如何使写作和社会发展发生应有的联系。

海另外还对我具有一种不可抗拒的吸引力。鼓舞我去追求千百人劳动和智慧结合，积累下来的无穷无尽的各种文化成果，反映到文学艺术中的一切不同美好结构和造形，让我从其中得到许多力量和知识。海还启发我对于人在不同社会生活中繁复万状的爱恶哀乐情形和彼此关系。这种种看来似虚无飘渺，但转到生活和工作上时，即见出十分现实的意义。特别是能用文字在一定形式中固定下来的，即可望或已经肯定成为另一种现实。另外还有显明支配着我的情感式样或思想方法，反映到后来学习和工作以及对人对事关系上，也是这个大海三年接近的结果。

总之，青岛的海对于我个人的影响是长远而普遍的，比起当时我所读过的其他许多圣经贤传还得益受用。它帮助我消化一切而又通过我个人劳动创造出许多东西。而它支配我感情且更加巨大。有许多日子，我就是这样俨然一事不作面对大海度过，生命却并不白费。海既教育我思索，也教育我行动。海使我生命逐渐成熟，把个人从事的工作推进到一个新的高度上去。我现在又来到这个一碧无际的大海边了。我依旧乐意这样面对大海，检查过去，分析当前，商量未来。

北京鼓励我到青岛休息休息的熟人来信问我，到了青岛，旧地重游印象怎么样？心脏好了些没有？回信告给朋友，第一句话即青岛依旧绿而静。并且让朋友知道，到了这里不多久，心脏也一定跳得比较正常了，因为大海的节奏通常总是正常的。海无时不在动，由于它接纳百川，涵容广大，内部生命充实，外缘又常受日月吸引，风云变态，必然会动荡不止。然而它给人总的印象，却依旧是绿而静。名分上我是来休息，事实上我是来学习的。我还有许多事情可作待作，究竟作些什么对人民更有益？必然将在这里得到许多新的启发，新的认识。

抽象的抒情[1]

照我思索，能理解“我”。

照我思索，可认识“人”。

生命在发展中，变化是常态，矛盾是常态，毁灭是常态。生命本身不能凝固，凝固即近于死亡或真正死亡。惟转化为文字，为形象，为音符，为节奏，可望将生命某一种形式，某一种状态，凝固下来，形成生命另外一种存在和延续，通过长长的时间，通过遥遥的空间，让另外一时另一地生存的人，彼此生命流注，无有阻隔。文学艺术的可贵在

1．本文可能在 1961 年 7 月至 8 月初写于青岛，也可能在 8 月回京后所作。原文未完成。

此。文学艺术的形成，本身也可说即充满了一种生命延长扩大的愿望。至少人类数千年来，这种挣扎方式已经成为一种习惯，得到认可。凡是人类对于生命青春的颂歌，向上的理想，追求生活完美的努力，以及一切文化出于劳动的认识，种种意识形态，通过各种材料、各种形式，产生创造的东东西西，都在社会发展（同时也是人类生命发展）过程中，得到认可、证实，甚至于得到鼓舞。因此，凡是有健康生命所在处，和求个体及群体生存一样，都必然有伟大文学艺术产生存在，反映生命的发展，变化，矛盾，以及无可奈何的毁灭（对这种成熟良好生命毁灭的不屈、感慨或分析）。文学艺术本身也因之不断地在发展，变化，矛盾和毁灭。但是也必然有人的想象以内或想象以外的新生，也即是艺术家生命愿望最基本的希望，或下意识的追求。而且这个影响，并不是特殊的，也是常态的。其中当然也会包括一种迷信成分，或近于迷信习惯，使后来者受到它的约束。正犹如近代科学家还相信宗教，一面是星际航行已接近事实，一面世界上还有人深信上帝造物，近代智慧和原始愚昧，彼此共存于一体中，各不相犯，矛盾统一，契合无间。因此两千年前文学艺术形成的种种观念，或部分、或全部在支配我们的个人的哀乐爱恶情感，事不足奇。约束限制或鼓舞刺激到某一民族的发展，也是常有的。正因为这样，也必然会产生否认反抗这个势力的一种努力，或从文学艺术形式上作种种挣扎，或从其他方面强力制约，要求文学艺术为之服务。前者最明显处即现代腐朽资产阶级的无目的无一定界限的文学艺术。其中又大有分别，文学多重在对于传统道德观念或文字结构的反叛，艺术则重在形式结构和给人影响的习惯有所破坏。特别是艺术最为突出。也变态，也常态。从传统言，是变态。从反映社会复杂性和其他物质新形态而言，是常态。不过尽管这样，我们还是有如下事实，可以证明生命流转如水的可爱处，即在百丈高楼一切现代化的某一间小小房子里，还有人读荷马或庄子，得到极大的快乐，极多的启发，甚至于不易设想的影响。又或者从古埃及一个小小雕刻品印象，取得他——假定他是一个现代大建筑家——所需要的新的建筑装饰的灵感。他有意寻觅或无心发现，我们不必计较，受影响得启发却是事实。由此即可证明艺术不朽，艺术永生。有一条件值得记住，必须是有其可以不朽和永生的某种成就。自然这里也有种种的偶然，并不是什么一切好的都可以不朽和永生。事实上倒是有更多的无比伟大美好的东西，在无情时间中终于毁了，埋葬了，或被人遗忘了。只偶然有极小一部分，因种种偶然条件而保存下来，发生作用。不过不管是如何的稀少，却依旧能证明艺术不朽和永生。这里既不是特别重古轻今，以为古典艺术均属珠玉，也不是特别鼓励现代艺术完全脱离现实，以为当前没有观众，千百年后还必然会起巨大作用。只是说历史上有这么一种情形，有些文学艺术不朽的事实。甚至于不管留下的如何少，比如某一大雕刻家，一生中曾作过千百件当时辉煌全世的雕刻，留下的不过一个小小塑像的残余部分，却依旧可反映出这人生命的坚实、伟大和美好。无形中鼓舞了人克服一切困难挫折，完成他个人的生命。这是一件事。另一件是文学艺术既然能够对社会对人发生如此长远巨大影响，有意识把它拿来、争夺来，为新的社会观念服务。新的文学艺术，于是必然在新的社会——或政治目的制约要求中发展，且不断变化。必须完全肯定承认新的社会早晚不同的要求，才可望得到正常发展。这就是社会主义制度下对文学艺术的要求。事实上也是人类社会由原始到封建末期、资本主义烂熟期，任何一时代都这么要求的。不过不同处是更新的要求却十分鲜明，于是也不免严肃到不易习惯情形。政治目的虽明确不变，政治形势、手段却时时刻刻在变，文学艺术因之创作基本方法和完成手续，也和传统大有不同，甚至于可说完全不同。作者必须完全肯定承认，作品只不过是集体观念某一时某种适当反映，才能完成任务，才能毫不难受的在短短不同时间中有可能在政治反复中，接受两种或多种不同任务。艺术中千百年来的以个体为中心的追求完整、追求永恒的某种创造热情，某种创造基本动力，某种不大现实的狂妄理想（唯我为主的艺术家情感）被摧毁了。新的代替而来的是一种也极其尊大，也十分自卑的混合情绪，来产生政治目的及政治家兴趣能接受的作品。这里有困难是十分显明的。矛盾在本身中即存在，不易克服。有时甚至于一个大艺术家，一个大政治家，也无从为力。他要求人必须这么作，他自己却不能这么作，作来也并不能令自己满意。现实情形即道理他明白，他懂，他肯定承认，从实践出发的作品可写不出。在政治行为中，在生活上，在一般工作里，他完成了他所认识的或信仰的，在写作上，他有困难处。因此不外两种情形，他不写，他胡写。不写或少写倒居多数。胡写则也有人，不过较少。因为胡写也需要一种应变才能，作伪不来。这才能分两种来源：一是“无所谓”的随波逐流态度，一是真正的改造自我完成。截然分别开来不大容易。居多倒是混合情绪。总之，写出来了，不容易。伟大处在此。作品已无所谓真正伟大与否。适时即伟大。伟大意义在文学艺术作品中已有了根本改变。这倒极有利于促进新陈代谢。也不可免有些浪费。总之，这一件事是在进行中。一切向前了。一切真正在向前。更正确些或者应当说一切在正常发展。社会既有目的，六亿五千万人的努力既有目的，全世界还有更多的人既有一个新的共同目的，文学艺术为追求此目的、完成此目的而努力，是自然而且必要的。尽管还有许多人不大理解，难于适应，但是它的发展还无疑得承认是必然的，正常的。

问题不在这里。不在承认或否认。否认是无意义的，不可能的。否认情绪绝不能产生什么伟大作品。问题在承认以后，如何创造作品。这就不是现有理论能济事了。也不是什么单纯社会物质鼓舞刺激即可得到极大效果，想把它简化，以为只是个“思想改造”问题，也必然落空。即补充说出思想改造是个复杂长期的工作，还是简化了这个问题。不改造吧，斗争，还是会落空。因为许多有用力量反而从这个斗争中全浪费了。许多本来能作正常运转的机器，只要适当擦擦油，适当照料保管，善于使用，即可望好好继续生产的——停顿了。有的是不是个“情绪”问题？是情绪使用方法问题？这里如还容许一个有经验的作家来说明自己问题的可能时，他会说是“情绪”。也不完全是“情绪”。不过情绪这两个字含意应当是古典的，和目下习惯使用含意略有不同。一个真正唯物主义者，会懂得这一点。正如同一个现代科学家懂得稀有元素一样，明白它蕴蓄的力量，用不同方法，解放出那个力量，力量即出来为人类社会生活服务。不懂它，只希望元素自己解放或改造，或者责备他是“顽石不灵”，都只能形成一种结果：消耗、浪费、脱节。有些“斗争”是由此而来的。结果只是加强消耗和浪费。必须从另一较高视野看出这个脱节情况，不经济、不现实、不宜于社会整个发展，反而有利于“敌人”时，才会变变。也即是古人说的“穷则通，通则变”。如何变？我们实需要视野更广阔一点的理论，需要更具体一些安排措施。真正的文学艺术丰收基础在这里。对于衰老了的生命，希望即或已不大。对于更多的新生少壮的生命，如何使之健康发育成长，还是值得研究。且不妨作种种不同试验。要客观一些。必须到明白把一切不同品种的果木长得一样高，结出果子一种味道，没有必要，也不可能，放弃了这种不客观不现实的打算。必须明白机器不同性能，才能发挥机器性能。必须更深刻一些明白生命，才可望更有效的使用生命。文学艺术创造的工艺过程，有它的一般性，能用社会强大力量控制，甚至于到另一时能用电子计算机产生（音乐可能最先出现）。也有它的特殊性，不适宜用同一方法，更不是“揠苗助长”方法所能完成。事实上社会生产发展比较健全时，也没有必要这样做。听其过分轻浮，固然会消极影响到社会生活的健康。可是过度严肃的要求，有时甚至于在字里行间要求一个政治家也作不到的谨慎严肃。尽管社会本身，还正由于政治约束失灵形成普遍堕落，即在艺术若干部门中，也还正在封建意识毒素中散发其恶臭，唯独在文学作品中却过分加重他的社会影响、教育责任，而忽略他的娱乐效果（特别是对于一个小说作家的这种要求）。过分加重他的道德观念责任，而忽略产生创造一个文学作品的必不可少的情感动力。因之每一个作者写他的作品时，首先想到的是政治效果，教育效果，道德效果。更重要有时还是某种少数特权人物或多数人“能懂爱听”的阿谀效果。他乐意这么做，他完了。他不乐意，也完了。前者他实在不容易写出有独创性独创艺术风格的作品，后者他写不下去，同样，他消失了，或把生命消失于一般化，或什么也写不出。他即或不是个懒人，还是作成一个懒人的结局。他即或敢想敢干，不可能想出什么干出什么。这不能怪客观环境，还应当怪他自己。因为话说回来，还是“思想”有问题，在创作方法上不易适应环境要求。即“能”写，他还是可说“不会”写。难得有用的生命，难得有用的社会条件，难得有用的机会，只能白白看着错过。这也就是有些人在另外一种工作上，表现得还不太坏，然而在他真正希望终身从事的业务上，他把生命浪费了。真可谓“辜负明时盛世”。然而他无可奈何。不怪外在环境，只怪自己，因为内外种种制约，他只有完事。他挣扎，却无济于事。他着急，除了自己无可奈何，不会影响任何一方面。他的存在太渺小了，一切必服从于一个大的存在，发展。凡有利于这一点的，即活得有意义些，无助于这一点的，虽存在，无多意义。他明白个人的渺小，还比较对头。他妄自尊大，如还妄想以为能用文字创造经典，又或以为即或不能创造当代经典，也还可以写出一点如过去人写过的，如像《史记》，三曹诗，陶、杜、白诗，苏东坡词，曹雪芹小说，实在更无根基。时代已不同。他又幸又不幸，是恰恰生在这个人类历史变动最大的时代，而又恰恰生在这一个点上，是个需要信仰单纯，行为一致的时代。

在某一时历史情况下，有个奇特现象：有权力的十分畏惧“不同于己”的思想。因为这种种不同于己的思想，都能影响到他的权力的继续占有，或用来得到权力的另一思想发展。有思想的却必须服从于一定权力之下，或妥协于权力，或甚至于放弃思想，才可望存在。如把一切本来属于情感，可用种种不同方式吸收转化的方法去尽，一例都归纳到政治意识上去，结果必然问题就相当麻烦，因为必不可免将人简化成为敌与友。有时候甚至于会发展到和我相熟即友，和我陌生即敌。这和社会事实是不符合的。人与人的关系简单化了，必然会形成一种不健康的隔阂，猜忌，消耗。事实上社会进步到一定程度，必然发展是分工。也就是分散思想到各种具体研究工作、生产工作，以及有创造性的尖端发明和结构宏伟包容万象的文学艺术中去。只要求为国家总的方向服务，不勉强要求为形式上的或名词上的一律。让生命从各个方面充分吸收世界文化成就的营养，也能从新的创造上丰富世界文化成就的内容。让一切创造力得到正常的不同的发展和应用。让各种新的成就彼此促进和融和，形成国家更大的向前动力。让人和人之间相处的更合理。让人不再用个人权力或集体权力压迫其他不同情感观念反映方法。这是必然的，社会发展到一定进步时，会有这种情形产生的。但是目前可不是时候。什么时候？大致是政权完全稳定，社会生产又发展到多数人都觉得知识重于权力，追求知识比权力更迫切专注，支配整个国家，也是征服自然的知识，不再是支配人的权力时。我们会不会有这一天？应当有的。因为国家基本目的，就正是追求这种终极高尚理想的实现。有旧的一切意识形态的阻碍存在，权力才形成种种。主要阻碍是外在的。但是也还不可免有的来自本身。一种对人不全面的估计，一种对事不明确的估计，一种对“思想”影响二字不同角度的估计，一种对知识分子缺少□□[1]的估计。十分用心，却难得其中。本来不太麻烦的问题，作来却成为麻烦。认为权力重要又总担心思想起作用。

事实上如把知识分子见于文字、形于语言的一部分表现，当作一种“抒情”看待，问题就简单多了。因为其实本质不过是一种抒情。特别是对生产对斗争知识并不多的知识分子，说什么写什么差不多都像是即景抒情。如为人既少权势野心，又少荣誉野心的“书呆子”式知识分子，这种抒情气氛，从生理学或心理学说来，也是一种自我调整，和梦呓差不多少，对外实起不了什么作用的。随同年纪不同，差不多在每一个阶段都必不可免有些压积情绪待排泄，待疏理。从国家来说，也可以注意利用转移到某方面，因为尽管是情绪，也依旧可说是种物质力量。但是也可以不理，明白这是社会过渡期必然的产物，或明白这是一种最通常现象，也就过去了。因为说转化，工作也并不简单，特别是一种硬性的方式，性格较脆弱的只能形成一种消沉，对国家不经济。世

1. 原稿缺二字。

故一些的则发展而成阿谀。阿谀之有害于个人，则如城北徐公故事，无益于人。阿谀之有害于国事，则更明显易见。古称“千人诺诺，不如一士谔谔”。诺诺者日有增，而谔谔者日有减，有些事不可免作不好，走不通。好的措施也有时变坏了。

一切事物形成有他的历史原因和物质背景，目前种种问题现象，也必然有个原因背景。这里包括半世纪的社会变动，上千万人的死亡，几亿人的生活方式和生活愿望的基本变化，而且还和整个世界的问题密切相关。从这里看，就会看出许多事情的“必然”。观念计划在支配一切，于是有时支配到不必要支配的方面，转而增加了些麻烦。控制益紧，不免生气转促。《淮南子》早即说过，恐怖使人心发狂，《内经》有忧能伤心记载，又曾子有“蓬生麻中，不扶自直，白沙在涅，与之俱黑”语。周初反商政，汉初重黄老，同是历史家所承认在发展生产方面努力，而且得到一定成果。时代已不同，人还不大变。……伟大文学艺术影响人，总是引起爱和崇敬感情，决不使人恐惧忧虑。古代文学艺术足以称为人类共同文化财富也在于此。事实上在旧戏里我们认为百花齐放的原因得到较多发现较好收成的问题，也可望从小说中得到，或者还更多得到积极效果，我们却不知为什么那么怕它。旧戏中充满封建迷信意识，极少有人担心他会中毒。旧小说也这样。但是却不免会要影响到一些人的新作品的内容和风格。近三十年的小说，却在青年读者中已十分陌生，甚至于在新的作家心目中也十分陌生。

信 仰

大多数人若不是本能上需要一点什么东西控制，至少在习惯上已养成需要这个控制了。这种控制附于实际生活就是所谓“法律”“道德”“卫生”“娱乐”，“是”或“非”，一堆名辞或事实。附于抽象人生就是“迷信”或“信仰”。平常我们对于迷信，多半指的是对自然力与不可知之某种事物的崇拜，在崇拜中且加上一分蒙恩的侥幸。是混和胡涂恐怖和希望而产生的一种心境。信仰就稍稍不同了一点。指导信仰的似乎感情和理性平分，且毫无可疑，理性成分或许比较多。尤其是如果我们把信仰的意义范围放窄一点时，把它从旧宗教的拘束里解放，以为它指的仅仅是对实现的“政治理想”表示一种态度时，信仰同迷信显然得分开的。迷信无选择，各以生活习惯为依据，空间差别多，时间差别反而少。信仰许可个人的选择，依据的是个人知识或常识，对当前生存制度的取舍，空间差别少，时间差别反而多。你那老祖宗怕鬼，你还是怕鬼，这是迷信。你那爸爸是保皇党，你却是共产党，这就叫作信仰。但迷信和信仰到某种意义上仍不免显得暧昧不分，共同点是承认生存受控制于“不可知”，控制于“过去”或“未来”。说真话，是逃避“现实”，更具体的说，是害怕“自由”。害怕那种不为当前生活一切名辞一切事实发生的意义所拘束，不为肉体精神空间时间所限制的“自由”。

所以信仰彻底说来纵算不得人的“胡涂”，也依然是人的“弱点”。一种想凭借过去或未来而安慰当前的失败，忍受当前丑恶的弱点。一个有信仰的人好像就勇敢得多，强壮得多——到如今甚至于还骄傲得多。其实大多数人的信仰，恐怕还应当称作“迷信”，才能名副其实。比较少数人的信仰，不过与奴性为邻用空虚遮掩现实的一种态度罢了。

对信仰惑疑或否认，且具有表现出这种惑疑或否认勇气的，有两种人，表现在生活里就成为疯子，表现在作品里就成为伟大作家。托益托夫斯基所谓伟大也就在此，许多作家伟大也就在此。

目前作家中自说“有信仰”的人多，作品中表现的自然也就充满了“信仰”。事实上我们需要的大作品，也许倒是那种真正“没有信仰”的人才能够写得出的。可惜这种人社会上并不多。有的又只是呆子，痴头傻脑十分低能的白痴，或有意装疯事实上还是委委琐琐的人物，不是真正能惑疑一切敢否认一切或轻视一切的家伙。

美与爱

宇宙实在是个复杂的东西，大如太空列宿，小至蜉蝣蝼蚁，一切分裂与分解，一切繁殖与死亡，一切活动与变易，俨然都各有秩序，照固定计划向一个目的进行。然而这种目的却尚在活人思索观念边际以外，难于说明。人心复杂，似有过之而无不及。然而目的却显然明白，即求生命永生。永生意义，或为精子游离而成子嗣延续，或凭不同材料产生文学艺术。似相异，实相同，同源于“爱”。

一个人过于爱有生一切时，必因为在一切有生中发现了“美”，亦即发现了“神”。必觉得那点光与色，形与线，即足代表一种最高的德性，使人乐于受它的统制，受它的处治。人类的智慧亦即由其影响而来，然而典雅词令和华美仪表，与之相比都见得黯然无光，如细碎星点在朗月照耀下一样情形。它或者是一个人，一件物，一种抽象符号的结集排比，令人都只能低首表示虔敬。正若因此一来，虽不会接近上帝，至少已接近上帝造物。

这种美或由上帝造物之手所产生，一片铜，一块石头，一把线，一组声音，其物虽小，亦可以见世界之大，并见世界之全；或即造物，最直接简便那个“人”。流星闪电于天空刹那而逝，从此烛示一种无可形容的美丽圣境，人亦相同，一微笑，一皱眉，无不同样可以显出那种圣境。一个人的手足毛发在此一闪即逝更缥缈的印象中，并印象温习中，都无不可见出造物者之手艺无比精巧。凡知道用各种感觉去捕捉住此美丽神奇光影的，此光影在生命中即永生不灭。屈原、曹植、李煜、曹雪芹，便是将这种光影用文字组成篇章，保留得完整的几个人，这些人写成的作品，虽各不相同，所得启示必古今如一，即被美所照耀，所征服，所教育是也。

美固无所不在，凡属造形，如用泛神情感去接近，即无不可见出其精巧处和完整处。生命之最高意义，即此种“神在生命中”的认识。惟宗教与金钱，或归纳，或消蚀，已令多数人生活下来逐渐都变成庸俗呆笨，了无趣味。这些人对于一切美物，美事，美行为，美观念，无不漠然处之，毫无反应。于宗教虽若具有虔信，亦无助于宗教的发展；于金钱虽若具有热情，实不知金钱真正意义。

这种人既填满地面各处，必然即堕落了宗教的神圣性庄严性，凝滞了金钱的活动变化性。这种人大都富于常识，会打小算盘，知从“实在”上讨生活，或从“意义”“名分”上讨生活，捕蚊捉蚤，玩牌下棋，在小小得失上注意关心，引起哀乐。生活安适，即已满足。活到末了，倒下完事。这些人所需要的既只是“生活”，并非对于“生命”具有何等特殊理解，故亦从不追寻生命如何使用，方觉更有意义。因此若有人超越习惯的心与眼，对美特具敏感，即自然将被这个多数人目为“痴汉”。若与多数人庸俗利害观念相冲突，且成为疯狂，为恶徒，为叛逆。换言之，即一切不吉名词，无不可加诸其身。对此消极的称为“沾染不得”，积极的为“与众弃之”。然而一切文学美术以及多数思想组织上巨大成就，却常常惟这种痴汉有分与多数无涉，则显而易见。

世界上缝衣匠、理发匠、作高跟皮鞋的、制造胭脂水粉的，共同把女人的灵魂压扁扭曲，失去了原有的本性，亦恰恰如宗教、金钱，到近代再加上个“政治倾向”，将多数男子灵魂压扁扭曲所形成的变态一样。两者且有一共同点，即由于本性日渐消失，“护短”情感因之亦与日俱增。和尚、道士、会员、议员……，人人都俨然为一切名分而生存得十分庄严，事实上任何一个人却从不曾仔细思索过这些名词的本来意义。许多“场面上”人物，只不过如花园中盆景，被所谓思想观念强制曲折成为各种小巧而丑恶的形式罢了。一切所为所成就，无不表现出对自然之违反，见出社会的拙象和人的愚心。然而近代所有各种人生学说，却大多数起源于承认这种种，重新给予说明与界限。这也就正是一般名为“思想家”的人物，日渐变成政治八股交际公文注疏家的原因！更无怪乎许多“事实”、“纲要”、“设计”、“报告”，都找不出一点依据，可证明它是出于这个民族最优秀头脑与真实情感的产物，只看到它完全建立在少数人的霸道无知和多数人的迁就虚伪上面，政治、哲学、美术，背后都给一个“市侩”人生观在推行。换言之，即“神的解体”！

神既经解体，因此世上多斗方名士，多假道学，多蜻蜓点水的生活法，多情感被阉割的人生观，多阉宦情绪，多无根传说。大多数人的生命如一堆牛粪，在无热无光中慢慢燃烧，且结束于这种燃烧形式，不以为异。本来是懒惰麻木，却号称为“老成持重”，本来是怯懦小气，却被赞为“有分寸不苟且”，他的架子虽大，灵魂却异常小。他目前的地位虽高，却用过去的卑屈佞谀奠基而成。这也就是社会中还有圆光、算命、求神、许愿，种种老玩意儿存在的理由。因为这些人若无从在贿赂阿谀交换中支持他的地位，发展他的事业，即必然要将生命交给不可知的运与数的。

然而人是能够重新知道“神”的，且能用这个抽象的神，阻止退化现象的扩大，给新的生命一种刺激启迪的。

我们实需要一种美和爱的新的宗教，来煽起更年青一辈做人的热诚激发其生命的抽象搜寻，对人类明日未来向上合理的一切设计，都能产生一种崇高庄严感情。国家民族的重造问题，方不至于成为具文，为空话！五月又来了，一堆纪念日子中，使我们想起用“美育代宗教”的学说提倡者蔡孑民老先生对于国家重造的贡献。蔡老先生虽在战争中寂寞死去了数年，主张的健康性，却至今犹未消失。这种主张如何来发扬光大，应当是我们的事情！

《七色魇》题记

这是我一九四四年完成的一个集子。内容说它是小说，实缺少小说所必需的中心故事。说他是散文，又缺少散文叙事论世的一致性。就使用文字范围看来，完全近于抒情诗，一种人生关照，将经验与联想混揉，透过热情的兴奋和理性的爬梳，因而写成的。就调处人事景物场面看来，又不如说是和戏剧摘要相近，尤其是和那个“错综现实与过去，部分与全体”的电影剧本相近。事实上，对于文体的分类我并不发生兴趣。我正企图突过习惯上的拘束，有所试验。这个集子的各个篇章，可说是这种试验的第一次成果。

我已经将近八个月不使用这支笔。在这个短期沉默中，家住乡下，茅屋三间，破书一堆，日常生活一半消耗于担水烧火磨刀挖土琐琐事务里，一半即消耗到书桌边。生活虽俨若与世隔绝，却有个特别机会，接近好些人，可以听到在朝在野对于国家明日表示的忧虑，同时更容易明白目前正在进行蔓延中的腐烂与分解。这种腐烂与分解，如何因政治上的外戚阉寺作风而形成，并奠基于一个广泛的无知民族性弱点上，是极显明的。面对这个触目惊心的事实，负责者还在为明日得失勾心斗角玩把戏，毫无勇气坦白的承认过失而从一新的观点下企图补救。都市中知识阶级则照样是或就知识所及，作作国际预言，为远方别国事情猜谜，或就见闻所及，从事检讨小范围内贪污与囤积。在“人”之可能如何渺小，与“事”之必然如何泛滥两种情形对照下，自然更增加我一种痛苦感觉。

到我绝对单独时，国家明日种种，目前种种，和近三十年种种，便重新来到我的心上，咬住我这颗衰弱的心。其时常常有二三浅栗色小耗子，从我脚前悄悄的走来走去。望着这小小生物聪明自足神气，敏捷，目睛如豆，一生虽无大作为，实长于钻垣窥隙找出路。先还对我带着三分畏惧，一分谄媚，见我对它的存在毫不在意时，就把我的书册乱啃起来了，当我感觉到这种搅扰的厌烦，照房东所说的，试把几个刺栗球塞杜穴边，表示不欢迎后，这精神和身体同是流线型的准绅士，就正合了“小人难养，远之则怨”两句陈言，从墙角僻处发出一种琐碎单调的切齿声音，好像说：

"你轻视我？我要检讨你，从你思想起始。我划定你已落伍！"

"仁兄，你怎么会觉得我轻视你？我想起的问题太远时，自然不大注意到你的行动。可是目前我倒正在研究你健康活泼的原因，有所发现，主要的就是愿望合理而切于实际，手边常常有点小储蓄，不乱做梦恐怖自己。至于任何事不向深处思索，似得力于佛的不痴，有悟于道的不沾滞。你性欢喜热闹，因此热闹场中常有分。当你看明白了人多处的安全性时，于是，你前进了。你自觉有了信仰。你这点信仰的健全性，不待证明我也承认的！"

"你还在讽刺我。"

"嗳，上帝，我就从不想到过对你用得着讽刺。这恐怕是你内有所不足的感觉，正和许多人一样，生存在世界上自己缺少自尊自信时，就容易觉得被讽刺。其实最深刻的讽刺还是你自己。试反省反省看，就明白我说的意思了。你不应当担心一个落了伍的人沉默。他其所以沉默，说不定正是让开路看你和你的同伴在欢乐中前进！"

"你的思想陈腐而空洞。表现在你一切作品中，都只能给人这个印象。"

"你说得真对。我总是思索些永远不会侵入你头脑的问题，荒谬。”

“所以你落了伍，眼前什么事情都不知道。”

在习惯形容词中，或者这就叫做“批评”，也说不定。但过不多久，这个细小诅咒，终于在墙角边消失了。记得一个生物学家曾说过：“耗子机会若凑巧，也会长大如猫儿。澳洲的大袋鼠，还庞大如一头驴子！”可惜常见的耗子，照例都只希望从宣传活动方式上变成一只猫儿，结果呢，还是和原来同样大小一只耗子。

人既住乡下，因此如这位仁兄所说，城中发生的许多热闹事情，当真便不大知道。两个月以前，有一次进城时，朋友××就问我说：“你兴致真好，家中人饭也吃不饱，还为人拜生做寿！”话说得很奇怪。我做的事怎么连我自己也不知道？虽认真分辩：“我生平从不想到为人拜生做寿问题，恐怕是名姓弄错了。”可是有物为证，朋友并不错。我的名字和卞之琳先生的名字，果然同时都已上了报，被人派到为某某先生庆祝写作二十年消息上，登载出来了。其时我家中有个亲戚，因病失业，神经不大健全，起初还疑心莫非是这个亲戚作的。再去注意一下当天本市报纸，才知道这次盛会，是由联大国文系主任罗莘田先生主席的。还有一篇演说文章发表，说到有个什么贩卖乡土神话的作家，想打倒他的老朋友，老朋友那么活跃，那里打得倒！这倒真是新鲜事情，因为罗先生治音韵语言，与近二十年文学运动虽渺不相关，可是人在北方极久，一定明白从五四以来，国内所保留的一种写作风气，即拿笔的从不会办党做官口气说准备“打倒”谁或“拥护”谁。作家的义务，是素朴老实低头努力写文章，永远保持对于工作的热忱和忠实，慢慢的求取进步。作家的权利是在一个公平自由竞争制度下，有机会陆续将作品和读者对面，不论他写的是神话或是人话，是革命还是恋爱，总之一定要有像样作品方能得到读者。作家与作家彼此之间，或陌生，或相熟，凡能保持这个素朴写作态度的，必充满尊敬，若相反，照例不算同行。一个作家和社会发生关系，是作品，不是人。很少无作品的作家，能滥用作家名分作政客活动，或用社会方式支持作家地位。这个风气是有目共睹，而且特别值得推荐给准备执笔年青朋友，当成一种工作榜样的。用这种态度从事写作，自然寂寞些，沉闷些，一时之间难投机取巧，成功成名。可是由于作者写作态度的庄严，方能有优秀作品产生，不至于作空头文学家。读者看待一个作品，虽不免有随社会风气转移倾向，一时流行的崇拜电影体育明星签字习惯，也将会能到一个文学作家头上来，走到任何一处，都有签字小本子送到面前的机会。作家照例还是乐意用作品和读者对面。读者对于作家表示的诚恳爱敬，不是虚文，实重在能从作品中接受一个做人所必须的诚实坦白健康热忱的人生态度。社会风气既在变动中，别的作家有因为不能忍受寂寞，发明用宣传方式，为同道联欢，并吸引社会注意，亦即名为推进文学运动，无妨邀集三五十个趣味相同的人，排定秩序每星期轮流举行，轮流主席，人数不足时，即临时随便拉扯几个在野政客军人，或有名人物，凑足数目，总之这是个人的兴趣，并没有什么稀奇。不过风气即使已进步到这个程度，据我想，也应当还容许另外一种人，另外一种态度，即不运用宣传，不参加社交，能低头写作，期望将作品更切实的影响读者的单纯态度，这种人不能逢场作戏，应景凑趣，和“打倒”“拥护”全无关系。他贩卖点“乡土神话”，也许只是因为所见到的“身边神话”，实充满了乡愿猥琐油滑气息，同时他又已经学得忠恕待人，不好意思要身边人物在他笔下受难，倒并非不能画虫画鬼的！

近两年来，在任何一种刊物上，都常常可看到要求民主与自由的字样，在官方文件中，也就随时随处不忘记把这个名词加入。因此一来，俨然就是民主自由已在望中。可是我们试仔细看看便会发现社会中若干运用这个名词的人物，精神倾向有时或不免是一条相反的道路，而且能迂回努力达到目的。即以文学运动言，这种伪民主形式也可见出。有形的某种限制，犹可望废除，而无形的用民主自由名分作的成帮伙圈套，则不免与日俱增。对于彰明较著的整齐画一要求，出自统治者一方时，我们尚能找出若干理由作证明，以为与民主自由理想不合。然对于文学思想受近代政治功利主义的影响，使一切作者与作品，附属于一种政策，成为宣传点缀物的趋势，却无人能指出情形也相当可怕。一个作者若承认它，便随时随事都不免见出与官僚政客合流的用心，离开了对工作本身成功最高的要求，不是转而从阿谀当前实力取得信托，即是用颂扬未来权贵换回尊敬，否认它，则除搁笔改业无从否认。承认或否认，都与我从事这个工作本意违反。党派帮伙的包庇性，与文学的求真标准，实两件事情。我得好好思索一番，是爱好真理还是尊重现实？

个人为社会堕落与分解，任何人都得承认，已发展到一个可怕程度，若徒然争夺一下民主自由名词，实丝毫无补于转机的获得。三十年民主政治的失败，问题虽不简单，然而各层统治者对于农民的残忍毫无认识，毫无同情，唯当成一个聚敛剥削的对象，则系一种事实。在这个关系中，执刀弄棒强有力的，即成为军阀，才气纵横善于依附军阀的，即成为政客。以下于是有官僚，有土匪，有土豪劣绅，有买办经理……这一切虽各有其因缘依存的意义，然而又无不直接间接寄食于二万万沉默无言农民的劳作生产上。

可是近三十年来，这个“多数”的农民，在中国这么一大片土地上，活得如何卑屈，死得如何悲惨，有一个人能注意到没有？除了拢统的承认他们的贫和愚，是一种普遍现象，可是这现象从何而起？由谁负责？是否有人能够详详细细的来解释过？……对于这个多数的重新认识与说明，在当前就是一个切要问题。一个作家一支笔若能忠于土地，忠于人，忠于个人对这两者的真实感印，这支笔如何使用，自不待理论家来指点，也会有以自见的。若不缺少这点对土地人民的忠诚与爱，这个人尽管毫无政治信仰，所有作品也必然有助于将来真正民主政治的实现。若根本就缺少这点忠诚与爱，任何有势力的政治主张，实上无助于作者有何真正成就。国家待改造，待重造的问题，由一个政治家说来，或者只是一些原则。因为原则的认可他就有机会从一个新的局面下，成为国家负责者。上了台，再从这个原则伸缩中作种种解释，来运用一国人力与财力，施行一些有关生聚教训具体或抽象计划，如此或如彼，能稳定这个政体，得到人民对于政府的信托，即可说第一步已告成功。至于一个作家，若觉得国家忧患所自来，实由于一堆事实为人所忽略，若事实不明白，单凭抽象原则终无从得救。他会觉得必需从这个多数的生命深处，发掘爱和恨，变与不变，即由此出发，坦白痛切来说明他们如何活在这片土地上，又如何自愿或被迫而沉默死去。即以当前情形说，多数拖混的生存，与悲惨的死亡，就决不是他们本身命定如此，还是出于一切负责者的传统态度而形成，态度若稍稍不同，情形也就不会如此无望的。在这种不可抗的广大灾祸下，若容许他们屈于“气运”以外，还追究到“责任”方面，则近三十年的一切上层分子，对于他们的缺少认识和同情，都将成为他们的控诉对象。他们的沉默，只证明这个多数品质优良的另一面，与他们的良善，勤俭，习性，还应当有机会能够在明日活得更像一个人。然而一切不耕而食的人，对之却应当愧悔，一个有良心的作家，更不能不提出这个问题：关心老百姓决不能再是一句空话，任何高尚的政治理论和政治设计，若不奠基于对这个多数沉默者的重新认识，以及对于他们的真爱，都不免成为空泛，只能延长这个民族的苦难，增加这个民族的堕落。这种新的情感的产生，显然不是单凭现代政治标榜的主义所能见功，实有待于重新找寻办法。在这种情形下，我们自会觉得，一个文学作家所应负的责任，远比目前一般政治理论所要求于作家的责任还更艰巨。一个作家对于工作所需要的持久热忱，和坦白单纯超越功利勇往直前的求真态度，都不是拿一定薪给的“宣传员”可比拟。必发自本人一种对人生深刻的认识，以及对人类的爱，方有希望。而且这若真有所谓运动，最先就得注意，防止作家与官僚合流，并不让官僚或不相干野心者混入作家中，毁坏组织上的健全性。

二十年前由于偶然的机会，在我这个乡下人单纯头脑中，忽然输入一种新的憧憬，为接受一种抽象原则，学做现代人，我来到了新的社会中。于是一面让手中这支笔支持了我十余年的简单生活，一面就用全个生命来学习，来适应，希望有些新的发明，即除普通上层社会的相处礼貌与生活习惯以外，发现做一个人更沉重结实深刻有力的因子。当初总还以为由于知识增多理性增强，这个发现是必然的。但在一切经验综合上，却见出这个社会有思想有知识的分子，有不少还只是活在一种猥琐事实中，与平庸愿望中。“思想”或“信仰”，落到这些人头上时，都被小小恩怨得失，弄成为一个毫无内容的名词。情感的贫乏，更见出对国家问题怕负责，怕深思，难于有何健全勇敢的表现。这些人既大多数都出身于中上层阶级，近代教育的熏陶，目的又只是完成一个有充分教养的专业者，教养对于这些人的本身，并不算失败。惟把这个少数优秀公民源源注入到一个二万万之农民低头耕田，三五十大小野心军阀割据争雄新陈代谢局势中时，这些人所学所知，便不免失去了应有意义，成为一种纯粹奢侈品了。学术进步系事实，提起这点值得我们对于若干人特别表示敬重。惟就中一部分和国计民生实际问题有关的专业者，尚可望因社会发展而得到联络，也促进了这部门的进步。至若较抽象部门专业者，谈哲学思想或政治制度的学者的生活理想与生活事实，对于古今中外学术比证用力虽极勤，所得虽极多，对于数万万人民，则因毫无接触，亦无理会，所有见解自然即容易见出与这个多数作无可奈何的游离。社会在分解，在这个过程中，负责者面对事实，固不免望到束手，惟以支吾拖混为计。然而用来重造民族观念的思想家，或重铸民族情感的文学家，有所表现时，与问题实相去一间，且事到头来将依然不免茫然失措，无可为力。

在这个小小集子中，正如同在这个题记中一样，检讨历史时，我所有的赞美或诅咒，和并世的价值标准不易符合，将是必然的。我还要保留这个赞美或诅咒形式到一堆新的故事中。这个工作若丝毫无补于当前，或可望稍稍有益于未来。从我这支笔所触及的种种，一个有心的读者，必可看出我根深蒂固的农民的保守性：对于土地的爱好，与自然景物的亲匿。至于现代政治所容许的虚伪性与功利性，以及文学运动受这个政治风气影响，作家中所流行的活动新花样，实不免感到绝望。然而同时或亦可看出一个来自乡下的纯粹农民，充满诚意准备作大社会一员时，尽管生活式样已完全适应，由于基本情绪的相差相左，有多少无可免避的挫折与困难！以小观大，也正说明这个冲突的根本存在，若出于个人，尚不妨事；若出于代表某种多数集团，观念情感的凝固，自然即形成政治上的分张，使国力从这个对立中消耗复消耗，毫无方法可以调处。譬如当前西北情形，即可作例。目前交涉的停顿，而在停顿中只增加国力的耗损，是极显明的。这问题，说不定就得有一些有艺术良心的作家，来从一堆作品中，疏理出个头绪，且希望更多方面负责者，对国家问题重新有个态度来关心，方有真正解决的一天！

卅三年双十节

喜闻新印《徐志摩全集》

一九八二年的冬天，承商务印书馆香港分馆李祖泽先生相告，徐志摩先生的全集，将于一九八三年付印出版，要我写个小文作为纪念。李先生还告我，这个全集是依据抗战前夕业已制好的纸型付印的，虽算不得最完备的底本，可算得是最早结集一个底本。特别有意义，就是集中全部篇章，都经过徐志摩先生的夫人陆小曼女士，亲自一一校核过。我觉得这是一件大好事。

计算一下日子，志摩先生不幸逝世已整整经过半个世纪。这半个世纪的中国社会，变化之大，可以说是中国历史所未有，也难于用文字形容万一……万千英雄伟人，名流××，都几几乎可说在这个持久不息的特大旋风中，或成尘成土，且有的人即或本身还存在，活得威名赫赫不可一世时，或由于固持偏听，自以为天下唯我，或由于巧佞奉迎，趋炎附势，弄巧反拙，即已遗忘在历史进展主流以外，成为笑话。即或“人心善忘”，不着一字，依然将在下一代遗留下许多麻烦问题不良影响的。总的说来，这半世纪的社会动荡，是付出了数千万人民的鲜血和痛苦，在历史上加以点滴著录，也永远使人闻之惊心动魄目瞪口呆的。可说是三千年封建，形成亚细亚式残酷的总结，在人类发展史上为离奇不经，在中国社会发展史上，却又若十分自然，有其无可避免的灾难。前一段的牺牲，是恶邻强加于我的，对于中国人民作了错误的估计冒险结果。我们且终于战胜了侵略者，为新中国打下了个良好的基础，解除了帝国主义者一切强加于我的束缚。后一段的牺牲，却近于政治上违反进步规律，缺少远见，于二十世纪犹出现“造神运动”的荒唐设想所形成。这个历史性大悲剧，人民既吃尽了苦头，国家付出了极大代价，元气也因之大大亏损。但是也恰如老子说到的“物极必反”，才有一个“拨乱反正”崭新的得之不易局面出现。为总结这一段历史的悲剧，正式文件上既常使用个“全面混乱”字样作概括形容，可知影响之广大普遍。至于文化上的损伤，比较上就显得小而又小，微乎其微，太不足道了。死去的，就死去了，能幸而免居然还活下来的，如何继续活下来，活得像样合理一些，对社会有意义一些，我以为不仅仅是国家负责人的事，同时也是值得我们深深思索的一件事！

我今年已活过了八十岁，同时代的熟人，只剩下很少很少几位了。从名分上说，我已很像个知识分子，就事实上看，可还算不得一个正统派“知识分子”。但进入到这个大城市，前后既已整整六十年，这六十年的社会变化，影响到知识分子的苦难，我也就总有机会摊派到个人头上一份，可说是个经过种种难于设想的痛苦挣扎过来人。照我的性格而言，应付任何困难，一贯是沉默接受，因此奇迹一般，还是依然活下来了。体质上虽然相当脆弱，性格上却板质僵固，对人从不设防，无机心，做事却还认真。一生既无什么雄心大志，更少意外侥幸奇遇幻想，就某一方面说来，可以说是个完全彻底唯物主义者，一切就当前生活所许可的情形活下去，学下去。从另一方面说来，还应分叫作一个十分庸俗平凡，甚至于懦弱不抵用的小人物，什么胯下之辱都无所谓，任何困难挫折，都激发不起我的不平感，任何自以为有权据势的人，都可以把我踹在脚下，来一个永世不翻身的诅骂，我总是用沉默接受这种现实。我从人的好处学习了许多，而且应用到处世待人和工作上的持久热情，同时也从坏人明白许多愚蠢自恃，阴险狡猾，行小欺骗，搞小动作，阿谀巧佞，谄上骄下，和一生如何向上爬得高高的技术，对我写作中却因此得到不少便利，应用时，就懂得加以概括，在不到一百字内，就可以为画出个十分生动逼真的、十分传神速写像。年龄老朽已到随时可以报废情形，情绪却还始终保留一种婴儿状态。对政治上的“务虚”始终缺少应有理解，但对于国家现实，却充满感情，从大处看，深深相信国家新的负责方面看来，从近三十年的处理问题上所得的痛苦经验教训，今后绝不容许人为的有意识的“造神运动”重新抬头。凡事只有从现实出发，并乐意用商讨方式，坦白诚恳接受各方面对国家有益有用意见，希望把国家搞好。既不维护过去的失策，也能正视当前的困难，还抱有团结第三世界的责任感，且应当打起精神，深信内部遗留下的一切困难，都可以从新的理性认识出发，排除任何必须排除的障碍，能较好的组织十亿人民来共同努力，面对世界复杂险恶多变的伏流暗礁，以及国内科技落后、生产落后、人事企业管理落后的种种问题，一一加以克服。凡事与民更始，竭尽全力争取个十年二十年的国内安定团结，使整个国家逐渐得以进入真正文明进步大国行列。

近来一再强调提出“知识”对于建设国家的重要性，就是一种十分明确的信息。知识的含义，当然包括方面十分广泛，文学艺术只是其中一个部门，但求达到和国家社会生产建设的普遍迅速发展相适应，且能得到世界的认可，自然并不比体育竞技于短时期即容易见出显著成果。却必须采用和体育竞技相同的公平严格的筛选淘汰方式。明白只有扎扎实实的坚持下去，让有能力有实力有文采有见解的青壮一代，在新的比较自然条件下成长。过去三十年对于前一代作家排斥异己“惟我独尊”的意识，应当明白这种现象，对文学艺术的正常发展，实在弊多利少。至于“百花齐放”，看来却在逐步实现。因为说实在话，那个走到极端，便影响到八个样板戏的一切惟我独尊，稍有常识的人都知道，这只会形成文艺正常发展的束缚，绝不会带来真正和社会发展相称的繁荣景象的。文学领域中的市场独占，定于一尊的情形，至今还在各大学少数教师中有一定势力，事实上在多数青年一代学生中，已感到相当厌倦。给人以近似“造神运动”的厌倦。前不多久，某种大专院校文学教学集会中，竟有人以鲁迅为“中国唯一圣人”的，这种妄言诞语，也可说是由于精通“世故哲学”的结果，却不是什么研究马列主义的结果。鲁迅若还生存，也不会接受这种超时代的精巧阿谀的。这种提法虽不曾为预会同人所接受，但在某些大专院校现代文学课目中，一学期四十多节课题中，还经常占去一半学习时间。这样下去，对于学生就能达到真正思想的提高？稍有良心的教师，也不会承认这种文艺上的“造神运动”能见出什么人为奇迹。且显明只会见出愚昧的效果，违反历史唯物主义学习的效果。有心人都明白这一代的青年，直接间接受“文化大革命”“四人帮”的刺激，多形成一种对社会不良现实的否定和反抗态度，或消极颓废，或放纵无所谓，求恢复其做一个正常人的勇气和信心，已绝不是陈旧方式可以就范收效。对文学艺术的影响，也多呈不大正常的现象，这难道都应当由他们负责吗？电影电视上殴打报复反复出现，流行定期刊物，也乐于从市场价值争夺群众，还有庞大无比的出版，充满兴趣来推销《七侠五义》，新式窦尔墩黄天霸也不断出现于大型文学刊物中。开放社会带来的许多新玩意儿，虽还只限于一些较大都市，但是随同开放产生形成的新问题，却在更广阔的较偏僻的州县里，也逐渐发生了影响，甚至于比大都市更容易受影响。成堆的问题，岂是老工作方法的开几回奖惩会能见功？

我深深相信，国家的实际上一切具体困难，都可以克服的。最难克服的，可能还是习惯上情绪上的意识作用影响，似抽象也具体的一些问题，所产生的阻碍消极作用，正在社会中层泛滥浸润形成的一种腐烂作用。中国俗话说的“英雄难过美人关”，我们所得的痛苦教训已够深了，或许不会再出大毛病。至于精通“世故哲学”聪明出奇的人物，求其从任何学习上得到改造，使之对于“阿谀逢迎”，“谄上骄下”的技巧失去作用，失去市场，实在太难。若这种反复无常，投机取巧的险侧人物，在某种程度上还受鼓舞得重用，国家的明天，可就实在麻烦，任何好理想，好计划，都必然无从进行得令人满意！以至于只能得出相反的成就。这问题或许只是个人无根据的杞忧，还是有目共睹令人无可奈何的现实？可以说不必唠叨，人人心中有数。我说的也许离题太远，其实似远实近。

听熟人相告，两年前，在西北某地，曾参加过一个有关文学人物评价问题的商讨会，会上曾提及几个卅年代作家的情形，内中对于徐志摩先生的作品成就得失，就有较大的分歧。“正统派”以为这个人只是个“花花公子”，轻浮是他的本质和特征，成就实在说不上。还写文章骂过共产党和左翼作家。“非正统派”则以为诗歌散文有光辉特征和鲜明成就，且影响相当大。为人则热情爱国，且在旧社会从不曾做过什么文化官。说浮华轻佻，多是当时小报上文坛消息所乐于反复刊载的，和他真正相熟的人印象恰恰相反。这种商讨会有点“百家争鸣”意味，见仁见智，各不相同，也可说有意思的一次商讨。但当时预会的人，绝大多数肯定都很少和徐相识，或认真读过他三五部作品。因为他死去已整整半个世纪，作品传世已很少很少了，即在全国各大专院校图书馆中，经过近四十年的社会变动，能保存的也不会多了。当时预会的年在五十左右的教师占多数，内中三四十岁的教师，有的可能根本就没有读过徐志摩任何作品，甚至于对这个人名字也十分生疏。后来又商讨另一位“知名作家”，虽因曾经明白投敌，作过敌伪大官，所以不予考虑。但过不多久，作品却已正式由国家出版社翻印出版，令人难于索解。

据我记忆所及，二十年代末期，骂左翼文学笔下最刻毒的，应当是鲁迅先生数第一位。研究专家倒很少提到这一点。杀戮共产党最残忍狠毒的是国民党中某些要人，这些人才真正够得上称为“反共老手”，目前不仅在政协有的是受重视的成员，至于当年在两大之间纵横捭阖，反复取巧的，更大有其人，也多同样在新社会组织中成为重要成员之一部分。若就近两年新例，则国家负责人，还极其热忱坦白的，希望蒋经国能回到大陆来共商国事。一个所谓“花花公子”，写过一两首诗骂骂共产党，能起过什么大不了作用，是谁也难相信的。

这次徐先生的全集得以付印，真使人不免感慨系之。但是我依旧觉得十分高兴。因为这件事，显明和国家领导文学艺术的思想开放政策密切相关。为研究卅年代中国现代文学的成就得失，能提供一些可作探讨分析的具体材料，不至于“人云亦云”，尽少数私心自用的专家权威，继续胡说霸道，还能有相当市场。我认为这种文学上市场独占的倾向，也应当结束了。徐先生全集的出版，可说是一个新的“百花齐放”春天的信息。他的故去虽已经整整半个世纪，他的作品散文和诗歌，所具有的永不消失的青春热力，和特殊才华，不仅在过去五十年前鼓舞了我对生存的顽强信心和意志，使我近六十年在任何困难挫折中从不丧气灰心，直到八十岁的今天，还保持了对国家和对人充满了一种童心的热爱，且深信这些作品，在今后还能够鼓舞到更多由于“文化大革命”的各种挫折，失去生存方向的万千新一代青年，恢复他们对于国家的信心，和做人的勇气，以及克服困难的坚强意志，随同社会发展，在工作中取得比我超过百十倍的成就，这都是完全可能的。